ZANJIA
SAN KOU DE
SAN ZHONG SHENGHUO

咱家三口的三种生活

许尔茜
许　辉　著
董　静

时代出版传媒股份有限公司
安徽文艺出版社

图书在版编目(CIP)数据

咱家三口的三种生活/许尔茜,许辉,董静著.—合肥:安徽文艺出版社,2016.1(2017.9 重印)

ISBN 978-7-5396-5661-8

Ⅰ.①咱… Ⅱ.①许… ②许… ③董… Ⅲ.①随笔-作品集-中国-当代 Ⅳ.①I267.1

中国版本图书馆 CIP 数据核字(2015)第 309605 号

出 版 人:朱寒冬
责任编辑:韩　露　　装帧设计:张诚鑫

出版发行:时代出版传媒股份有限公司　www.press-mart.com
　　　　　安徽文艺出版社　www.awpub.com
地　　址:合肥市翡翠路 1118 号　邮政编码:230071
营 销 部:(0551)63533889
印　　制:安徽金日印刷有限公司　(0551)65376638

开本:880×1230　1/32　印张:8　字数:130 千字
版次:2016 年 1 月第 1 版　2017 年 9 月第 2 次印刷
定价:39.60 元

目 录

许辉◇生命因书香而充盈

董静◇那些年

序

《咱家三口的三种生活》即将出版，本来想让家里的大作家、孩子他爸为这本家庭合集写个前言，可他实在是太忙了，总是推三阻四，力荐我来完成此文。出版社催得急，没办法，我只好勉为其难，可写什么，怎么写？苦思冥想，一直不知如何下笔。

今天我才真真地领悟"逼上梁山"这个词的深刻内涵了，梁山好汉是被逼出来的。万事俱备只欠东风，先生忙，女儿更忙。在美国哈佛大学教授中文的女儿，这学期带大学一年级和五年级两个年级的课程，教学任务很重，尤其是去年做了母亲，职场妈妈的辛苦，我是看在眼里，疼在心里，孩子们在异国他乡，想帮忙也帮不上，可不能再给女儿加任务了。看起来家里只有我这个闲人了，不能拖后腿，迎着困难上吧。

2015年11月21日，我聆听了先生在安徽财经大学做的文学讲座《淮河之域的行走与书写——文学创作31问》时，突然找到了灵感。

问：为什么是31问，而不是32问，或者28问？

许辉答:因为我女儿今年31岁,所以想到用这个数字,是一种情感因素,没有别的深意。

问:一定要想清楚情节人物开头结尾才能开始创作吗?

许辉答:不一定。《焚烧的春天》只有一些诗意的画面。《幸福的王仁》先有题目然后才有内容。

问:一篇作品写了一半写不下去怎么办?

许辉答:坚持写完。不仅有了一篇完整的作品,要养成一种创作方式。

问:如果我们一辈子都写不出名怎么办?

许辉答:文学不是生活的唯一。但文学可能是我们人生幸福的一个家园、一个源泉。我们体验了,我们就享受了,我们就幸福了。每个人都有完全独特和绝对唯一的人生体验,这是我们幸福和自信的最根本的源头,也是我们珍惜人生的最根本的理由。我们为什么生活?我们为我们人生的过程而生活。我们为谁生活?我们为我们自己的人生而生活。我们为我们的一生有亲人、有亲情,有友人、有友谊,有创造、有成熟,有文学、有感动而自豪、而骄傲。成不成名并不重要,重要的是有我们独属自己的文学,有独属自己的体验,有独属自己的夜晚,有独属自己的感动、哭泣和澎湃的激情!

……

真是听君一席话,胜读十年书,这些问答似乎为我指引了一条路。领悟了你怎么想就怎么写的真谛!

人的潜能是无限的。想想这几年,不也逼着自己做成了一些意想不到的事情吗?先是学会了开车,让我这个以前见到汽车都发怵的人,竟也考取了驾照,现在开车无论是在大街上还是在高速公路上都能驾轻就熟。再就是出版了处女作《有一种爱叫放手》,从 2011 年开始写作,到一本十几万字的散文集问世,只用了两三年时间,自己也算是勤奋之人了。著名作家许卫国在《有一种美叫情趣》一文里这样写道:“董静的散文集《有一种爱叫放手》,首先让我知道什么是生活的情趣,在起伏跌宕的人生中,富也好,穷也好;贵也罢,贱也罢,情趣是主要的,失去了情趣,生活就是没有油盐的饭菜,就是没有花朵的春天;其次我们也从《有一种爱叫放手》知道,文学并不是神秘而不可破解的密码,并不是高不可攀的悬崖绝壁,有了生活的情趣,生活的感悟,文学就已经如影随形,水到渠成了。……在淮北大地的传统里,一个女人针线茶饭,耕种打耙,知书识礼样样俱佳,除此,还得对长辈要孝敬,对家庭要和睦,对外面要友好,那就是贤妻良母,女中楷模,在当今社会贤妻良母实为难得,这几点董静做到了,这本身就是一部无字的佳作。在董静这个文学之家,爱人出名较早,女儿也紧跟其父激扬文字,风华正茂,董静半生为他人甘当绿叶,含辛茹苦,默默奉献,如今也算后起之秀。……愿董静继续“放手”,用大爱续写大作!”著名的媒体人张杨在他的书评《授人以书 手有余香》中这样写道:“在一个公益活动上见到董静老师,建议她为当下年轻的家长,写一本教育孩子的书。说起教育,董静老师认为,做父亲的要把握方向,孩子的母亲在于具体的辅导、落实。她的先生,许辉老师比较重言传身教,曾一次次带着女儿到乡下体验,到外地行走,回来后让孩子写日记,日记积累了厚厚的一摞,孩子的观察、书面表达能力都有了显著提升。……董老师的女儿现任教于哈佛大学,从书中的数篇文章可以看出她自立、勤奋,并且从小养成了很好的生活、学习习惯。成才、幸福的女儿，应该是董老师，也是她与先生许辉老师俩人最有成就的作品吧。董老师是个温和的人，许辉老师亦如是，父母的性格对于下一代的成长影响长远。我没有见过他们的女儿，但相信她也是温柔娴淑，春风拂面的人。”感谢大家的鼓励、赞赏和支持，让我在文学的道路上找到了自信，找到了一种积极向上的生活方式。

我爱我的家。升级为外婆的我，去年两次往返美国，照顾女儿和她的宝宝。今年5月初，11个月的小外孙女回到了国内，小宝贝看到我的第一眼笑得是那么的开心，好像还记得外婆呢！这是外孙女第一次回来，女儿利用假期特地把她带给国内的亲人看看，尤其是94岁高龄的太姥姥。小宝贝的到来给我们增添了无尽的快乐，太姥姥更是乐得合不拢嘴。太姥姥是教师出身，最会教育孩子，每天教她儿歌、做游戏，聪明的宝贝很快学会并和太太互动起来，还不停地叫着太太、太太，小嘴甜如蜜。四世同堂，充分享受儿孙绕膝天伦之乐，拍了不少的照片和视频，每天再忙再累再晚我都要记录下陪孩子玩耍的一件件趣事，已写下4万多字小宝贝的成长日记。

这段时间，只要我在合肥，每天一定要抽空多陪她。我们一起做游戏，逛超市，去动物园、儿童乐园、杏花公园遛小宝，草地上撒开了跑。小宝贝很喜欢我这个性格开朗的外婆，我给她唱歌，讲故事，每天变着花样逗她玩。宝宝爱音乐，乐感强，更爱跳广场舞。正在蹒跚学步的她，会自己走到队伍中间，跟着大家跳起来。《最炫民族风》是她最喜欢的舞曲，四分之二的快拍都跟得上，一招一式还真像那么回事，可爱至极。我说宝贝你一定要把中国特色的广场舞带回美国去，和你妈妈一样教授那里的人们学习中文，了解中国，弘扬中华文化。还记得小家伙刚到合肥时，抱着她走在大街上，一路皱着小眉头，似乎不喜欢街道上人来车往嘈杂的声音，她从一个安静的地方来到一个喧嚣的城市，对突然的转换很不习惯，如今小宝贝已经完全适应国内的环境啦。

为了保障孩子吃上有机蔬菜，我在自家的大平台的花盆里撒下菜种，两天的工夫密密麻麻的小青菜发出一片绿芽。给宝贝做饭时，放几片新鲜无污染的菜叶，既保证了孩子每天维生素C的需求，又放心食品的安全。几棵黄瓜和圣女果尽力地为小主人提供着果实，几乎每天都有收成，宝贝最爱生吃黄瓜和圣女果了，小小圆红色的是圣女果，长长嫩绿的是黄瓜，她经常一手拿一个吃得津津有味，这也是她最早认识的蔬菜。外公隔三岔五地去巢湖岸边买些欢蹦的鱼虾给她吃，我们要在小宝贝回国的这段时间里给予她最好的照顾。

在国内小宝贝虽然有很多的亲人疼爱，但孩子不能和父母分开太久，因为父母给孩子的爱是谁都无法替代的。孩子想爸爸妈妈了，见到年轻的叔叔阿姨会喊人家爸爸或妈妈，会伸出小手让对方抱抱，父母也想孩子了，虽然每天可以视频，也难解相思之苦。快乐的日子总是感觉过得飞快，一转眼，六个月过去了，小宝贝要回美国了。那天机场送外孙女，难舍之情溢于言表……返回的路上心情久久不能平静，回国半年来，我们祖孙相处的一幕幕令人难忘。小家伙从牙牙学语到很清楚、很准确地表达出来；从会爬到现在走起路都带着风的小跑；看着她一天天把学会的新本领展现在你的面前，每天围着外婆唱歌跳舞，可爱至极，陪着宝贝成长是多么的幸福。小宝贝进候机厅和我再见、飞吻，对我说慢慢、慢慢，要我回去路上慢慢的，然后转身拉着箱子往里走，小大人似的，真逗！

这本结集出版的图书，女儿的文章不多，但篇篇掷地有声，励志类的文字，曾多次被网站推上头条，报刊也多以头条发表。记得女儿的一篇文章《我的选择》发表后，她爸把此文转发到自己的博客上，不少家长推荐给自己的孩子看，有认识的也有陌生人，很有意思，择录几条留言如下。

五彩鹿："在报纸上已拜读了，还在想这是哪位的女儿，真是优秀的孩子。好。恭喜。"

梅子："原来这个作者是许老师的千金。厉害！"

木渔："刚从波士顿回来，那雪是最近的。文和雪一样真实！问好并祝福，那里生活不容易，能适应就不简单。"

许卫国："质朴干净，道理深刻，出手不凡。父女的选择，俗人似都不可理解。"

月光曲："父亲和女儿都是这样优秀，祝福你们！"

东湖："把许尔茜的经历转给我女儿看看，励志。"

朱幸福："很优秀的女儿，值得骄傲。我来转给我女儿看看。"

联通李学军："在许主席的诸多大作中，如此优秀的闺女必定是最暖心的得意之作，令人羡慕啊！点赞！"

航行的阁楼："许尔茜的个性有主席的影子，不安于现状，不甘于平庸，而是敢于挑战自己，自我加压，成功都是给不断付出并有准备的人。"

芨芨草:“太棒了!! 良好的土壤环境,总能孕育优秀的种子,祝贺许老师有这么值得骄傲的女儿!!”

心赏的留言是引用了许尔茜文章中的一段话:“我不是比别人聪明,也不是比别人优秀,但是,每次面对选择的时候,我都坚决地让自己努力尝试一把,其中必然遭遇了无数次的失败,而我今天只是把这些失败淡忘不计了,只要最后成功的次数比失败多一次,你就有前进一步的可能。”

读着一条条真挚留言,很让人感动,同时激励着我们要更加奋发向上。

《咱家三口的三种生活》是请著名作家、图书达人刘政屏先生起的书名。开始有出这本书的计划时,想了 N 个书名,总是觉得不妥,不是太过严肃,就是不能概括全部内容,似乎都没有表达出我们心里想说的那层意思,真让人犯难。于是我和先生几乎同时想到了刘总,这个和图书打了几十年交道,如今的图书销售行业的佼佼者。待人真诚热情的他,首先建议我们从某一个点出发,譬如,结婚多少周年、纪念日、女儿的年纪或书里文章可有可以概括的名字等等入手,经过他反复斟酌,书名《咱家三口的三种生活》诞生了。今年是我们结婚 33 周年,书名暗含 33,3 个肩标(任教美国、农耕都市、行走天地)是 3 个卖点,书名 9 个字,又暗含 3 个 3。做足 3 这个元素。好! 我和先生立刻喜欢上了这个寓意深长的书名。

感谢安徽文艺出版社的责编韩露,我的敬业的外甥女。一次在我家无意的交谈促使她想为我们全家打造这样一本书。她说,其实最初的想法这本书的主题是爱、家庭和教育。一个令人羡慕的家庭，家人之间相处的模式，生活的点滴，对教育和爱的理念。完美家庭不是嫁得好就可以的，也是有酸有苦有泪的；优秀的孩子不是天生，是一点一滴培养的。这本书是这个三口之家如何经营、营造开放、进取、平等、和谐的家庭文化气氛的文学描述，主要内容是子女教育、健康成长、趣味生活和亲情把握，关键词是包容、自立、勤奋、努力并懂得休闲之道。三口之家曾经是我们国家在相当长一个时期中的“旧常态”，即使在往后四口之家、五口之家的“新常态”状况下，这个三口之家的家庭经营之道，也仍然有内容丰富的值得参考的价值。

以上零零星星地记录了这么多，也不知是否说明白了要表达的意思。在家庭中我是他们爷俩的坚强后盾，我爱我家，今后我要继续做好后勤保障工作，营造一个积极向上、充满正能量的和谐幸福之家。在文学创作的队伍中，我只是一个新兵，但有了这些积极、阳光、充满理想和亲情的生活，我相信我能写得更充实、更丰富、更生动。

董静

2015年11月26日

生命在于长跑

许尔茜简介：美国某知名大学中文教师，曾执教于美国纽约州立大学布法罗分校、澳大利亚科林伍德学院、北京语言大学等院校，并曾任美国《学语文》杂志主编。主要研究兴趣为第二语言习得、语料库统计分析。论文多次发表于全美外语协会大会(ACTFL)、新英格兰地区中文教师协会年会(NECLTA)。

我的选择

2006年初，我大四。系里让我们专业前五名的几位同学很快做一个决定：是愿意保研——以后很可能会有留校任教的机会（当时我所上的对外汉语专业还是学校的第一届），还是选择自己考研。代价一目了然，留在安徽，做个大学老师，稳定的生活想想也挺美的。我把学校的通知告诉了父母，但实际上，在打电话给他们之前我的心中已经做了决定。父亲立刻打车到我的学校要求跟我见面，我们见了面，还没有说话，彼此会心一笑，已明白了对方心中的答案，而那个答案是那么的一致：放弃保研，奋力一搏。

考研的那些日日夜夜如今仍然记忆犹新。每天早上五六点天没亮就起床，晚上十二点以后回宿舍，有时看书看入迷了，就在自习室和衣而睡。冬天教室里的窗户坏了几扇，但是没有人会在意。打一瓶开水放在桌子边，两三小时换一次热水袋以取暖。可能是放弃了保研，又告诫自己不要找工作，没有退路的我只看着前方的目标，竟然一点也不觉得那段时间很辛苦。于是，2006年秋天，我来到了北京，拖着重重的行李，跨进了梦中的“小联合国”——北京语言

2007 年 5 月于北京语言大学

大学。

2007 年，我研究生一年级，学校有一些出国任教的名额，不仅可以得到实习的机会，还可以挣上人生第一笔美元。数目在当时学生的眼中，已是天文数字。澳大利亚、韩国、泰国等国家，每个人只能选报一个地方，而澳洲的录取率最低，全北京只招七个研究生。选韩国吧？离家近，录取的人数也相对较多。但是考虑到自己只懂英语，而且毕业以后能去澳洲这么遥远的国家生活和工作的可能性非常小，我还是决定一试。面试后，每天寝食难安，拿着手机，总觉得手机可能坏了，不然起码可以收到一个拒绝的电话。正当我为自己的选择懊恼不已时，电话响了……半年后，我踏上了袋鼠之国的航班。

2011 年，我毕业后在北京的某事业单位，做着一份稳定且自己擅长的工作。工作本身也很有乐趣，是为中央电视台翻译引进的美国某著名频道的纪录片。当时的我是翻译组唯一没有英语专业八级，不是英语专业出身的。之所以能进入这个单位，是因为之前有着英语专业背景的师妹突然得到了赴美国教授汉语的机会，所以毅

然放弃稳定的岗位。突然空出了一个职位，而电视节目是每日都不能停的。情急之下，翻译组的领导拿到了我的简

澳大利亚任教时带学生访问中国

历，看到我曾经在澳大利亚工作过一年，于是皱着眉头说："让她试试吧。"于是有了这一份工作。

这份工作除了基本工资以外，还会根据每期节目翻译的水平分为 A+、A、A-及 B+、B、B-等档次，每个档次拿到的奖金都不同，以此鼓励译者提高质量。而要想达到 A+的档次，必须保证在一两万字的译稿中只出现3个字以内的错误。这个规定在当时已定下很久，但是得到 A+的译者一直没有出现，所以翻译组成员的奖金稳定在 B 以内，领导们也不用担心过多 A+而导致奖金发放"超额"（开玩笑）。在此之前，我其实从没有真正地做过翻译的工作，但是自感中文的语感还是有一些的。进入翻译组后，我立刻投入了紧张的工作，每天早上六点起床，晚上十二点睡觉，周末也几乎没有休息过。一篇译稿至少要做上三四遍，对着英文初译一遍，再放下英文原文

看着中文稿子一个字一个字地斟酌、修改。第一个月的工作报表出来，出乎意料，我竟然有一篇稿子达到了 A+的档次。以后更是 A+的稿件达全月稿件的一半以上。领导终于放下心来，并很快把培训、招聘、校对等更重要的活交给我。我还是认真地完成，想到别人对我的信任，告诉自己更不能松懈。

一年多过后，因为表现突出，领导希望提拔我去中央的某一重要宣传部门进行翻译、写作的工作，事业似乎蒸蒸日上，很有奔头。但此时，我提交了辞职报告，决定远赴美国开始一种新的生活。而那时，我对未来是那么不确定，我只是一个随丈夫赴美的“配偶”，没有自己独立的身份。国内的稳定工作对我来说有没有吸引力？有的。但是奇怪的是，做出这个决定只用了几秒，似乎并没有太多的犹豫。

2012 年夏天，我辞职来到了波士顿。几十封简历投出去后，波士顿一所著名大学直接让我上岗，约我周五某个时间去学校签合同，而那是本学期签合同的最后期限。但我最心仪的学校约了同一个时间让我去面试，仅仅是面试。命运有时就是这么喜欢开玩笑。这一次，我犹豫了，整整一晚上辗转反侧。以当时我对自己的信心，能够去波士顿某大学教一学期中文已经是非常非常令人庆幸的事了。我真的甘愿去最心仪的学校做面试的“炮灰”吗？也许让我去只是一个形式，或是凑齐人数？脑子里出现了各种可能，理智告诉我应该脚踏实地，抓住眼前的机会。但是，如果能去世界顶级学府，哪怕是面试，不也证明了自己的价值和意义了吗？第二天，我给第一所大学回了信，请他们原谅我的决定，然后坐一路车，第一次来到了这所心仪大学的校园。

2015 年在波士顿公园

试讲很快结束了，我不知道自己讲得怎么样，只知道其他几位应聘者，他们都有在世界顶级名校任教的经验。回来的路上，我坐在老公租来的车的副驾上，身体不由自主地不停地发抖。是喜悦，是激动，也是一种想知道结果的紧张和冲动。这辈子能见识过这里，向这里的老师们展示自己，不论结果如何，努力过，就值了。

几天后，我给主任发了邮件，询问任教的可能性。得到的结果，似乎是顺理成章的否定的答案。虽然无数次预想过这个结果，但泪水还是忍不住一下子就下来了。又想到自己竟然拒绝了第一所学校，简直太不自量力了，顶级名校怎么可能会录用自己呢？……然而两周后，突然又收到了一封邮件：由于学生人数增加，突然空缺出

在哈佛办公楼前

一门课的兼职职位，你还有兴趣吗？怎么可能没有兴趣？梦寐以求的大学，我来了！

如今，我已由丈夫的“配偶”身份，转成了自己独立的工作身份，在自己最爱的讲台上做着自己最爱的工作。现在回想起来，如果没有当初的毅然决然，就根本不会有今天站在这里的机会。我不是比别人聪明，也不是比别人优秀，但是，每次面对选择的时候，我都坚决地让自己努力尝试一把，其中必然遭遇了无数次的失败，而我今天只是把这些失败淡忘不计了，只要最后成功的次数比失败多一次，你就有前进一步的可能。故步自封，只会让你在原地打转。稳定还是挑战，也许你心中已经有了答案。

毕业后的第一份工作,真的那么重要吗?

从本科到研究生阶段,我学的都是对外汉语专业。“对外汉语专业”,用老师们通俗的话说就是教老外学汉语,当然,如果在国外,就是教该国人学外语。如果诚实地说这个专业的现状和前景,如果没有读到博士,想在国内进高校,找一份稳定的教书工作,现在是越来越困难了,即使是合同制也同样如此。高校教书的门槛越来越高,近些年如果没有“博士学历”这个硬件,似乎是没有什么机会的。

可是这个专业每年还是有大批的本科生、研究生进入就业市场。毕竟每人都有不同的打算,也并不是每个人都愿意再搞三年或以上的研究。研究生毕业的时候,我也加入了就业大军。当时“继续深造”这个选项并没有出现在自己的计划列表中。因为在学校读了这么多年书,连实习都是在学校里教书,所以我当时特别想离开学校这个环境,到社会上去闯荡闯荡。就是这么一个单纯的想法,研三那一年,我投递的几乎全都是与教学无关的岗位。什么行政助理、文案、翻译、公务员、出版社编辑、银行的管理实习生、奢侈品行业的策划……不管自己懂还是不懂,只要觉得跟文科沾点边,我全部一一投过。

第一次拿到面试的机会是北京五环以外的一家国企的文秘工作，当时据说这个工作可以解决北京户口，就很积极地前去。坚持到了第二轮面试，被面试官的一个“你上次遇到困难并且伤心地哭是什么时候，为什么?”问题为难住。我一向是只会被感动哭，很少会因为遇到困难而流泪。不是因为坚强，只是觉得这种时候就算哭也解决不了任何问题。我愣在那里，说自己想不起来这样的事情了。下面一道题，后来知道是面试官们都爱问的，“你最大的缺点是什么”。当时很努力地想了很久，也没有想出来。也不是因为自己没有缺点，就是一直觉得每个人的缺点都不是永恒的缺点，在某些时候会与优点相互转换。比如，爱熬夜，可能说明一个人拖沓，事情到了晚上还做不完，只能熬夜完成；也可能证明这个人敬业爱岗。然而，糟糕的是，我也没有清楚地表达自己的观点，只是害羞地说“没有想到”。再后来，自然没有了下一轮面试通知的音讯。

研三的最后一学期，大家继续火热地寻找工作。已经开始陆续听到附近宿舍的同学传来“捷报”，自己却什么消息都没有，心里不免有些慌张。有一天继续在各大网站刷着招聘信息，偶然看到北京电视台的某娱乐节目招聘节目策划。电视台对于我来说还是很有吸引力的，想象中每天都可以遇到打扮得美美的人，自己也可以同样美美地去上班。一封简历投过去，竟然接到了电话，让我一周内去实习。我乐滋滋地开始了实习工作，到了以后才发现不是想象中的朝九晚五，工作时间从中午十一点到晚上，下班时间每天根据节目录制情况而定。问了周围的人,大家都是喜欢晚上夜深人静时工作的,早上则是在家补觉。而我这种习惯早起,傍晚以后脑子完全思考不了,很难再集中精力工作的人,在这样的工作环境里简直像一个怪物。两周后,我就因为生物钟与这里的人不能吻合而主动放弃了这份工作。

有了这次失败的经历,我缩小了找工作的范围,把“工作时间”这一我觉得自己无法妥协的条件考虑进去。下一份给我面试机会的是北京市科委一家事业单位的下属基地,招聘总经理助理。主要工作就是每天在基地写写文件,以便向上级领导汇报工作。实习工资不高,但是有食堂,吃饭免费,这已经让我很满意了。有时还要做些宣传或者赚钱的活,比如鼓励基地的企业在基地的滚动屏上打广告。我印了宣传单挨个企业敲门,还没等人家开口就主动说如果您觉得价格不合适,我们可以降价。几天跑下来,一家想做广告的企业都没有。终于有一个心直口快的公司老板告诉我,像我这样还没开始谈就把价格底线报给人家的做法,让本来有兴趣的人都会怀疑这个投资做得值不值得。没办法,从小就对做生意赚钱这件事没有任何感觉,因为从骨子里也没觉得多赚一块少赚一块有什么差别,既然没有赚钱的欲望,哪来的动力?

好在有一次上级领导到基地开会,我写的文章被领导一眼看上,随后被调到上级部门专门负责新闻采编、公文写作的工作。正式调去前,领导找我谈话,问我:“你对未来有什么计划?”我诚恳地说,自己想找的就是这样一份稳定的工作,踏踏实实干一辈子。没有虚假的成分,当时就是这么想的。

既然是科委的部门,当然接触的人都是搞设计、搞高科技的,而我每天做的就是记录下他们完成了什么创新的工作,对这个行业有什么贡献。这份工作的平台还是很好的,可以认识很多教授、专家、前辈等,当然都是科技相关行业的。我开始尝试读一些这个行业的书籍和案例,试图了解一下这个行业更深一层的东西。努力了一年,每次开会时听到大家大谈特谈,我还是只能做“录音笔”一样的工作,隔行如隔山,我只能听懂皮毛,完全没有办法真正地像其他人那样提出什么有意义的建议。这种感觉让我很压抑,觉得这样下去,自己永远都是做着最没有贡献的工作。我的未来在哪里?我看不见。

于是就想到了本行,做本行的时候,即使那时我是一个学生,由于对这行钻研了很长时间,也能对自己或别人的问题做出自己的解读,表达自己的看法。归结于一句话:在这个行业,我是个内行。虽然钱挣得可能不如别的行业多,但是我的存在是有价值的,我的思考是有意义的。经历了上述的这些折腾,我看到了社会的方方面面,也认识到了我适合做的事,这样,我才又一次回到了对外汉语教学行业。而这一次的回归,是脚踏实地的,不仅除去了心里的浮躁,还附加了前面种种的人生经历,而这些经历在我后来的教学中都派上了用场。前几天听到一位行业前辈的教导,他说在找工作或者选择专业的时候,可能我们不清楚自己最喜欢什么,但是只要你勇于尝试,就会很容易发现自己不喜欢什么。知道了不喜欢什么,至少就不会做出让自己非常后悔的决定。

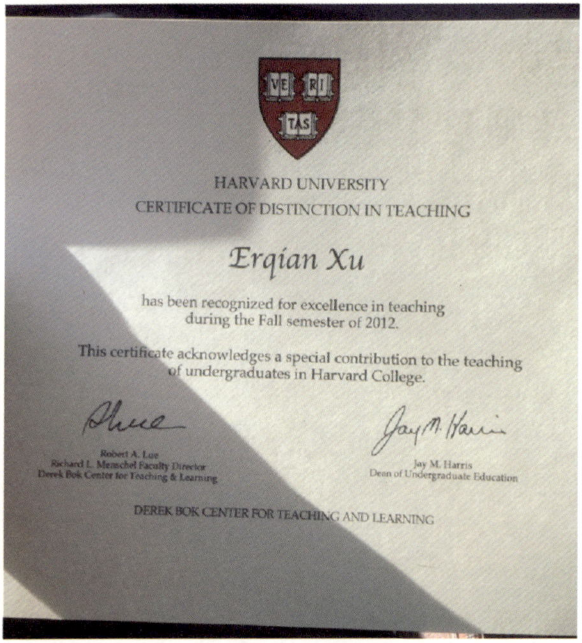

许尔茜：哈佛杰出教学奖、全校的最佳教师奖，因在哈佛大学本科教育中做出了特殊贡献，特颁发此奖，以表彰 Erqian Xu 在 2012 年秋季学期突出的教学贡献。

我看教师这个职业

写这篇文章时，我正坐在写字台前，看着窗外的飘雪，听着王若琳的“can't take my eyes off you”，喝着从波士顿的中国超市买的甜甜的豆奶，无比享受。今晚到明天波士顿有暴风雪，所以学校明天停课，不用上班了。本来明天是我这学期第一次上课，竟然就停课了，忍不住偷乐了很久。

这是教师这行临时的“小福利”。当然这种“小福利”很难遇到，在波士顿任教三年时间，只碰到过三回，第一回是 2013 年春节左右的暴风雪（据说这次是我所在的大学几十年来第一次停课），第二回是波士顿爆炸案全城搜索嫌疑犯的那天，还有就是明天。除了这种非人为控制的“小假期”，当教师的好处还有不少，不胜枚举。

每年的寒假、暑假、春假、感恩节假期、国家性节日，大大小小的假期加起来差不多有五个月。利用这五个月，可以旅游、学习一门新的技能、阅读、写作、生娃、发呆或找个寒假班、暑期班挣点外快补贴家用。虽然比较起来，教师的薪水是没有多少竞争力的，但是喜欢自由，希望有自己能支配的时间，对钱没有太多欲望的人，比如我，就很适合这个行业。

从本科开始学习“对外汉语”这个专业，本科、研究生的同学到现在还干本行的人少之又少。在同学群里，常常有人发起问话：“现在干这行的还有吗？”随后一群同学回复说自己现在从事的各种各样五花八门的行业。最后只有我怯生生地说自己其实还在干这行。于是又会招来围剿，问我这行的发展前途，因为似乎还是有很多同学的弟弟、妹妹甚至侄子、侄女，对这行颇有兴趣。我总是一句话：“每一行都有自己的前途。”确实看到网络上和现实中很多朋友对这个行业很是失望，也有很多人劝别人不要做这行，因为似乎不读到博士，留在高校的可能性不太大。但是我自己的例子却是，坚持做一件事，同时积极地做，而不是固执、笨拙地做，或许就可以找到属于自己的机会。

回想刚到美国的时候，所有身边的人都告诉我，我没有美国的学历，虽然是从国内数一数二的以对外汉语专业著称的学校毕业，但是应聘美国学校的时候对方不会认可。我的性格就是不会完全相信别人的话，自己想做的就要试一试。当时生活的布法罗小镇只有一所大学有中文教学的部门，我每天在那个部门的附近阅读，留心他们有什么活动，每场必去，向院长介绍自己，并主动申请做各种活动或教学工作的志愿者，坚持每天八点以前出现在系里帮忙。这样的日子过了半年多，终于，院长办公室给出了一个半职的助理工作，而我因为已经熟悉了那里的工作，成功得到了在美国的第一份工作。现在想想，如果没有这个起点，应该就没有下面的故事了吧。

纽约州立大学布法罗分校中国学者联谊会

结束了半年多的失业状态，每天很开心地跟老公在一个大学工作，有时中午还可以一起吃午饭。这样的日子简直像做梦，太美好了。院长助理加教师的工作做了不到三个月，老公老板的一个消息让我陷入了深深的矛盾。他的导师要跳槽去波士顿，离开这个我们刚熟悉并爱上的小镇。是两地分居还是辞职去波士顿继续寻找机会？我觉得我辞了职应该就找不到工作了吧，毕竟这份工作也是费了千辛万苦才找到的。当时跟我们一家最亲密的另一对夫妻，妻子是日本人，丈夫是美国人，加州大学洛杉矶分校毕业的高才生。他们听了我的顾虑后，非常干脆地告诉我："Forget about Buffalo."（忘了布法罗吧）也许我真的应该再闯一下，或许可以找到机会，哪怕是在周末中文学校，只要两个人可以在一起，钱多钱少都没关系。

2015 年在波士顿电影院

2012 年 8 月底，我们举家搬到波士顿，而早在6 月以前，我已经在网上搜索、整理了波士顿每一家开中文项目的大、中、小学学校，包括周末学校、课外活动小组以及中国城的中文兴趣班。8 月到了之后，我尽最大的可能，与能够认识的老师见面，聊我的情况以及想法，请他们给我一些职业发展的建议；参加学术活动，并且在刚刚成立的“新英格兰中文教师协会”年度大会上发表演讲，希望这里的老师们可以认识我。终于，我得到了一些学校的面试机会，再后来，我得到了现在这个非常珍贵的工作机会，而在以前，我想都不敢想我可以在这里工作，面对现在这些聪明又可爱的学生。

在每一个成就一番事业的人的光鲜外表背后，一定有无数的汗水和付出。在别人看来，可能会认为这件事难度似乎不大：“他的硬

带澳大利亚的学生登长城

件跟我差不多,他可以做成的事,我也能。”然而事实上,“成功”这件事有时很微妙,除了要具备一些基本的硬件条件,还需要坚持把每一件事做到完美的好习惯,对自己严格要求,以及成功推销自己,等等。但是,这些年我学会的最重要的一点就是要对自己有信心,让别人被你自信的光芒所感染,然后不留后路地坚持不懈走下去。

我眼中的美国华裔

教美国华裔学生已经三年，在我所在的大学，初级中文教学分两条“路径”，一条是针对没有任何语言背景的；另一条就是面向已经具备一定中文听说能力，但是完全不会读写的华裔学生，也就是我们戏称的“成人扫盲班”。

还记得第一次给这群学生上课，根据课程设置，我们要从拼音、“你家有几口人”、“你喜欢什么运动”这些最基础的内容开始教。然而这些话题，对于这些华裔学生来说，不学似乎也完全没有问题，平时学生跟我聊天比这更复杂的话题都口若悬河。那时我纠结了很久，作为一个教师，教这些最基础的、学生们已经会说的内容，我站在讲台上的意义何在？第一次考试以后，我才发现他们的“庐山真面目”。平时会说的话到了需要用文字书写出来的时候就没了主意。于是，在下面的日子里，教他们认字、写字成了最重要的工作。教非华裔学生的时候，教师口头提问、操练句型是上课最重要的部分，而面对华裔学生，把问题用汉字打出，让他们先自己辨识汉字，再表达自己对问题的想法则显得非常重要。

让我印象最深的是他们的多才多艺。每届学生，学到“运动”“社会活动”这些话题，每个人都可以列举出一长串他们擅长的课外活动。用他们的话说，想进入常青藤名校，除了成绩要数一数二以外，你要么有一项特别擅长、获过各种大奖的运动或音乐方面的才能，要么有几项较擅长的才能，虽然各项都不特别精通，但是各种能力平均分配。另外，积极参加各种公益活动、实践活动，这些都是进入名校的关键。为了培养他们的特长，父母们真是用心良苦。熟识的一个二代移民告诉我，他的父亲在当地的中国城开小店卖电话卡，省吃俭用从小培养他学习高尔夫，最后，他凭借这项技能成功考入名校。还有一个孩子，从小父母离异，妈妈在美国独自抚养他，每天打几份零工，现在儿子的成功让她觉得一切都是值得的。

于纽约大都会博物馆

学期结束前，老师们有机会与学生共进晚餐。晚餐的地方有一架钢琴，这成为学生们娱乐的“好伙伴”。参加了很多次聚餐活动后，我有一个惊奇的发现：似乎每个学生，无论他是网球好手，还是划船队主力，抑或是游泳队健将，对着钢琴都能弹出一首像样的曲子。根据我十多年学琴经验的判断，水平大概在国内钢琴考级的八级以上。在培养他们的综合能力方面，他们的父母确实下了不少功夫。

近来常看到有人强调美国学校的“轻松自在”，以呼吁国人是到了给孩子们“减负”的时候了。“减负”的意思可能应该是让学生们的注意力不仅集中于那几门科目和考试的分数，而是在学习方面“减负”，在其他能力方面适当“增负”，真正地做到全面发展。在这一点上，希望孩子冲刺常青藤名校的美国华裔父母已身体力行。

和学生们的毕业照

生命在于长跑

好友叶信鸿今年终于考上了斯坦福的东亚系语言学博士。五年前新工作刚入职，他就立下目标，自己的终点不应该在此。他喜欢写文章、做研究，想继续深造完成自己的心愿。好友家里并不足够富有，不可能任由他不工作全力以赴准备博士申请。于是他选择了边工作边实现这个愿望。但是这份工作每天都很忙碌，他的时间并不多，他明白不可能一蹴而就，于是定下了一个几年规划。

第一年，他利用工作之余准备托福和 GRE。那一年，他将工资的很大一部分用于考试，暑假竟然疯狂到隔两三个星期就考一次。我们当时笑称他简直是“以考代练”。经过十多次的冲刺，他的托福终于考到了一个理想的分数。

第二年开始，他开始复习日语、韩语和法语，这对申请语言学专业是很有帮助的。我自认为是一个很早就会起来工作的人，但是几年来从来没有早过他。每天清晨都可以看到他戴着耳机，在一个本子上仔细抄录或者写一篇外语文章的身影。然而，从这一年就开始试着申请的他并没有考上，任何一所学校都没有向他伸出橄榄枝。

他总结了自己的问题，认为可能是“科研潜力”这块还不够具有说服力。于是在接下来的日子里，只要是能参加的学术会议，他都尽可能地投稿，保持一年两三篇文章的频率。

第三年，他修改了自己的申请书，加入了很多新的内容，又一次信心十足地递交申请。结果……仍然一无所获。这一次他有点灰心，对自己有些怀疑，但还是积极地弥补自己的不足。晚上去上夜校课程，平时没事就去附近的语言学系给教授做免费的志愿者，参与一些简单的项目。

然而第四年，还是没有任何录取的消息。我开始小心翼翼地跟他谈论这个话题，也听到了周围人们的质疑：“他不是一直在准备吗？怎么还没有考上呢？”我想他一定心里压着一块石头，我实在不忍心轻易刺激到这样一个有梦想的年轻人。然而，从外表看，他似乎并没有受到什么影响，仍然每天利用上班之前和下班之后的时间保持并提高着自己的三门外语的水平，论文发表数继续逐年增加，英语学术写作能力也进步了不少，更不忘趁着中午的休息时间拿着自己常年订阅的《经济学人》杂志翻看几篇文章。

转眼已经到了2015年，这学期开学第一天，他带着一种神秘的微笑来到我的座位旁，轻轻地，不想太声张地告诉我，他考上了，这一次，是他最心仪的学校——斯坦福大学。我心中突然不由得涌上来一种感动。为他骄傲，用青春最美好的五年，踏实耕耘，成就了自己的梦想。虽然读博可能只是这个梦想的开始，但是这将是一个非常美丽的开始。

有时为了一个目标，我们急于摆脱一切阻碍我们前进的屏障，希望解开束缚放手一搏，但是现实的压力常常不允许我们这样做。即使我们真的这么做了，失败的压力也会因此放大，令我们喘不过气。何不把实现目标的时间稍稍拉长，给自己一些沉淀的时间，也许会有更大的收获。

在澳大利亚塔斯马尼亚度假

简单生活

曾经因为工作的关系在美国东北部一个叫作布法罗的小城生活了九个月。这座城市又称水牛城，是一个老牌的工业城市，毗邻伊利湖和尼亚加拉瀑布。去那里之前，我们在网络上查询知道这座城市是纽约州第二大城市。想到纽约的繁华，一厢情愿地认定这第二大城市应该也差不到哪儿去。

十几个小时从北京到纽约，然后转换航站楼，坐上了一架小小的不主动提供任何食物的飞机。夜幕降临后，我们终于抵达了目的地——布法罗。从未见过面，只在网上联络过的华裔室友开着他的黑色油电混合轿车(Prius)来接我们。而在此之前，我们真有点担心因为素不相识，他不会真的来机场接我们。见面后，我们才发现室友虽然非常独立，但也只是一个十九岁刚离开家乡密歇根州来到纽约州立大学布法罗分校读本科的小男孩。坐上他的车，很快我们就奔驰在这片陌生的土地上。我很努力地试图看看窗外的景色，初踏异国的兴奋感让我全然忘记了时差带来的疲劳，可惜什么也看不清，一片漆黑，似乎并没有想象中灯火通明的景象。

二十分钟后，我们到达了在未来不确定时间内我们都要称作“家”的地方。这是一片两层公寓楼群，我们的公寓就在二层。宽敞的客厅里一大片落地窗通往阳台，客厅另一侧就是一个敞开式厨房外加一间跟客厅差不多大的餐厅。里边两间卧室，一间是室友的，另一间就是我们的。室友小弟站在我们的卧室门口，很有兴致地询问我们对一些专业的了解和看法，面临专业选择的他显然对这个话题饶有兴趣。互道“晚安”后，我们简单地打了个地铺，就睡了下来。

第二天天才蒙蒙亮，我就起了床。搬上一把椅子坐在客厅那扇落地窗前，深深地吸上一口陌生地域的新鲜空气，整个世界似乎都安静下来，感觉很奇妙。从喧嚣到静谧，像是做梦一样，我就这样突然闯入了一个完全不同的世界，也只是用了十几个小时的时间而已。我觉得自己已经好久没有这样静静地、没有人打扰地听到清晨的鸟叫，看天上的云彩越变越透亮。这时才注意到，窗外不远就是州立大学，一栋栋不高的教学楼零散地分布在一大片空旷的校园内。就是这里了，我们的新生活要从这里开始了。

生活很快进入了正轨，这才发现想象中的“纽约州第二大城市”跟现实相差太远。学校离市中心还有二十分钟的车程，除了学校本身的资源，买东西、去任何一个地方都很难。对于当时还没有车的我们，即使去超市也要等着学校班车的特定时间。而如果想买中国食品，只有等到室友小弟有空开车才可以一起去，还要赶上特别的时间才行——这个小镇上唯一的“中国超市”只有每周二晚上进新货。被“困在”这里的我们每天从公寓到学校，两点一线。

从住的公寓到学校步行只要十分钟，其间要经过一片小山坡，据说每天傍晚这里会有一群小鹿出现。那时每天泡学校的图书馆，累了就去楼下的咖啡馆买杯热巧克力，外加一个甜甜圈，饿了就去校内唯一一条小小的美食街上点一份餐。那里有且仅有一家中国餐厅、一家日本餐厅和一家韩国餐厅。没有多少选择，吃起来滋味却美美的；乏了就去学校的健身房。公寓旁边有一片小树林，天气好的时候沿着跑一圈就起到了锻炼的效果。因为小城的冬季很长，每栋教学楼都彼此相连，从室内就可以通向任意一栋，每天唯一感受

在布法罗滑雪场

寒冷的时间就是回家在路上时。学校就像一个联系紧密的社区，在这里认识的每一个人都跟这所学校有着或多或少的关系，邻居也都是这所学校的学生或学者。学校里的中国人有一个统一的组织，大家几乎都互相认识，周末或逢年过节常常聚在一起涮火锅、吃烤肉。

拿上一本书，窝在图书馆的一角，阳光照在身上，房间里弥漫着咖啡的香味。生活朴素而充实。在这里生活的九个月里，老公发表了三篇在专业领域有分量的论文，我读了厚厚一摞书，也找到了在美国的第一份工作。后来，我们离开了这座小镇，辗转搬到了大城市，自己也有了车，想去什么地方启动引擎就可以到达，却时常想念那时的简单生活。

写作，是给自己的一件浪漫的礼物

又到周五，办公室的同事兴奋地说到他的周末计划：坐两小时的飞机去华盛顿听一场勃拉姆斯的音乐会。听完之后，我们真是羡慕不已。这个行程是同事半年前就为自己订下的，用他的话说，这是这些年他给自己的最浪漫的礼物。

我总会听到一些单身的人对我现在的生活报以羡慕的态度，每天下班回家有人一起分享晚餐，周末有人一起出游。但是，我自己可以支配的时间其实非常少。回顾一下之前的生活状态，周一到周五每天九点有课，早起两小时再看一遍教案，然后开始一天的工作。晚上回家接着备课，周末也有一些工作上的材料需要修改。几年下来，记忆中的生活除了工作，似乎没有别的。在做年终总结的时候，甚至想不到工作以外自己在任何方面有所收获。

虽然作为一个想在事业上做出一些成绩的女性，工作本身给我带来的快乐是难以替代的，但是这样的生活还是没法让我满意，简直是很不满意。当自己把全部的精力都投入一个方面，把所有的期待和希望都放在一个篮子里，在工作中也很容易失去平衡，更容易放大工作对我的影响,变得患得患失。领导的一个眼神、同事的一句评价,都让我非常在意。毕竟,因为这是我现在唯一做的事,如果连这一件事都不能做到让自己百分之百满意,我会非常自责,觉得自己能力不够。

2012 年春在普林斯顿大学学术会议上发表演讲

这种状态一直持续到去年,小家伙的降临给我带来了无穷的欢乐,也让我的生活不得不做出一些改变。下班回来无论多忙,一定得陪她,周末也必须腾出时间带她外出“放风”。原本大块的工作时间不得已被裁成一块一块。工作本身没有减少,能改变的只有效率和时间安排的方法。我开始早起备课,十点上课以前尽量把第二天的课准备出一大半。一有时间就拿出学生作业批改。周末白天好好地放松,好好地休息,晚上提前把下周的事情完成一部分。一学期下来，学生对课程的评价没有降低，反而提高。

尝到了适当放松自己的甜头，新年伊始我有了更多的想法。晚上多留出时间写作，把自己这些年看到、想到的都记录下来。这样一个目标对于现在的自己是一件奢侈的事情。上一次享受这种美好的感觉还是在很小的时候。小学二年级的语文期末考试，由于写不出一篇像样的文章被父亲“逼”着每天上午玩一处地方，做一件事情，下午根据这个经历写一篇文章。一个暑假下来，竟也集了厚厚一本作文。后来，开始随便涂鸦，编一些所谓的“小说”。然而长大后，这个儿时的好习惯终究没有保持下来。这次重新拾起，作为对自己一周辛苦工作的犒劳。每周能有两三个小时，没有旁人的打扰，自己跟自己的思想交流。还有比这更浪漫的礼物吗？

在美国超市

要孩子，什么时候算是准备好？

前些年，每次给父母打电话，无论话题是从哪里开始的，最后总会归结于一个："你们什么时候会要孩子？你们真的不小了。"

我在做人生的某些决定时显得有些固执，总是长篇大论地劝说父母，我现在的重心是事业，孕育下一代的问题暂时不想考虑。原因有三：第一，我刚调到满意的工作单位，算是事业需要发力的时候，一旦要孩子，一定会影响到我的工作。第二，作为一个女性，如果开始进行这一环节，接下来就是无休无止地付出，失去了自我，没有了自由。第三，也是我最在意的，现在的我并没有原始积累到足够的程度，我没法让我的孩子过我心目中的满意生活，我还不能做到不用在乎银行卡里的存款，他(她)想要什么就买什么，我还没有买到一套大房子让他(她)可以在后院随意玩耍。每次到了这个时候，父母总会苦笑地对我说，这个话题特别能激发我像一个大专辩论会的辩手那样滔滔不绝。

得知自己怀孕的消息完全是意料之外。我战战兢兢地来到工作单位，准备汇报这一令我十分"沮丧"的事。谁知，得到的却是一个大大的拥抱。同事分享了她的故事。同事自己是个非常成功的职业女性,而她在“妈妈”这个角色上也一点不输别人。孩子是她和老公独自照顾大的,没有爸妈、公婆的帮忙。我定下心来,从那天起,告诉自己忽略掉自己是“孕妇”这一身份,除了不能弯腰、不能提重物这些基本注意事项外,其他都与别人齐步进行。因为身处异国,回家没有父母的照顾,白天四小时的课站下来,还是坚持自己做饭吃,尽量不去饭馆。打破了怀孕前三个月不易出行的禁忌,坐飞机去佛罗里达成功发表了当年全美外语教师协会年会的演讲。即使头一天晚上被宝宝踢得胃痛到呕吐不止而去了医院急诊,也坚持第二天早上按时出现在课堂上。怀孕期间没有向学校请过一天假,除了完成自己的课程之外,还帮助系里完成了不少期刊、海报的设计工作。我就这样坚持到了学期的最后一天,并在暑假开始后的十五天内顺利生下了现在这个比我还要爱笑、充满活力的小天使。

秋季学期开始了,我又按时出现在了学生的面前。还记得那时学生们问我暑假过得怎么样的时候,我总是轻描淡写地说:“没做什么,就是生了个孩子。”这把他们弄得目瞪口呆,场面非常有戏剧性。当真正开始这个复杂过程的时候,才发现,我并没有因为生孩子而在工作中失去了什么,得到的反而是更多人的刮目相看,以及因为紧凑的生活节奏而保持的苗条体型,即使在怀孕后期也是如此。

因为工作的原因,我接触了很多中国的二代移民,他们父母那一辈辛苦地在美国奋斗,语言不通、生存条件艰苦,他们的孩子却在这样的环境中茁壮成长。一个父母来自福建的年轻人告诉我,在美

在美国纽约州立大学布法罗分校孔子学院当志愿者

国出生后一个月，他就被爷爷奶奶带回了中国，只有初中学历的父母留在美国为生计奔波，刚坐完月子的母亲随着父亲在一个中国饭馆打工。四年后，他们终于开了自己的饭馆，于是接回儿子一起生活。儿子每天放学后就趴在饭馆的柜台上写作业，写完作业就帮父母接饭馆的外卖电话，因为全家只有他听得懂英语。困了就往柜台下面的地铺上一躺。在高中毕业之前，他一直过着这样的生活。他也经常跟饭馆的客人聊天，甚至报考大学的时候也询问过他们的建议。客人们得知他的目标是一所著名的常青藤大学时，纷纷鼓励他，给他信心和勇气。如今作为大一新生的他与我分享这个故事的时候，脸上洋溢的是幸福的笑容。他说自己从没有觉得生活得很辛苦，反而很享受与父母一起在美国打拼的经历，更加珍惜父母对自己的爱，这份特别的经历也让他变得更加自信。现在他的梦想是学经济专业，以后开办不是“饭馆”的公司，让父母过更轻松的生活。

多少年后，当我回想起自己的童年，不是第一次搬到楼房，也不是父母第一次给我买了一件好看的衣服，而是我四五岁刚从宿州老家搬到合肥的时候，与父母租住在合肥近郊杏花村的十平米瓦房的一幕场景。那是一个春天的午后，我在房东的后院晒太阳。在我的身后，家里的猫咪刚生了几只小猫，小猫们正在猫妈妈的身旁打盹儿。田里的油菜花金灿灿的，随风摇曳。阳光洒在我的身上，很温暖。

职场妈妈成长记

有了自己的孩子才发现，当妈妈是一件非常不容易的事情，特别是还需要工作的妈妈。生完宝宝两个半月，我回到了工作岗位。虽说在大学里每周只有周二、周四有课，理论上说也可以每天四点下班，但是周一、周三、周五需要跟学生做一对一的个别谈话、批作业、备课会，还有办公室值班的工作，所以备课的工作常常是拖到下班回家以及周末。上学期宝宝还小，希望可以坚持母乳喂养，所以每天在单位数着三到四个小时，就把自己关到洗手间，搬上一把椅子，泵上半个小时。以至午休时间减到二十分钟，二十分钟内必须完成吃饭的任务，然后赶回去上下午的课。

晚上在家里的时候更是如此，有时困得不行，还是要坚持半夜起来泵一次。据说这样不会降低“产量”。再加上每天早上九点不是听课，就是自己上课，所以总要早早起床、出门。整个学期下来，感觉自己非常疲倦。盼着寒假的到来。

期待已久的寒假终于来了，但此时来帮忙的公婆和妈妈陆续回国，我迎来了三口之家的生活。三口之家的生活简单了很多，但是老公还需要工作，所以带宝宝、做饭、做家务都落在了我的身上。由于上学期跟宝宝相处的时间有限，我几乎不太会带孩子，那时总觉得没有体力，抱也抱不动。现在没有别人可以依靠了，咬着牙也得上。花了一个星期时间归纳了宝宝的生活作息，简化了冲奶粉等各种流程，竟然也做到了不慌不忙每天定点喂两次辅食，肉、菜、米糊、水果一样不落，我自己也能按点吃饭，在宝宝乖的时候甚至能跟老公在家涮上一次火锅。每天按点睡上三觉。每天分别在家里的小游乐场、游乐园里跟宝宝玩一圈，再跟我一起弹弹琴、听我讲故事。隔一天跟楼里的其他几个同龄的小朋友及家长聚会。每周一、周三带宝宝去图书馆参加免费的婴儿唱歌、讲故事活动。每周末带着宝宝去逛街、博物馆或附近的旅游景点。生活安排得井井有条，宝宝也比以前更活泼开朗，竟然在六个半月的时候学会说“爸爸、妈妈、娃娃、不要”这些词，每天从早到晚小嘴不停地练习着。睡觉前自己还会哼一哼曲子，虽然听不出来她哼的旋律。原来妈妈的潜能是无穷的，而爱是最大的催化剂。

解决了孩子以前跟我不亲的情况之后，转眼一个月的寒假结束了。1 月 20 日，我重新回到了工作岗位，公婆也按时来到美国“报到”。但是这次，我对自己的要求继续跟上，我不想再做回以前那个一抱孩子孩子就哭的妈妈，要争取更好地兼顾家庭和生活。周一到周五上班没有办法，下班以后尽量还是自己哄宝宝睡觉，等晚上熟睡后再把宝宝抱回公婆房间的小床。周末给公婆一天休息的时间，让他们出去自由放松，自己带孩子。周末继续安排全家人的活动，提前预约波士顿的艺术、科学、儿童等博物馆，带宝宝多见见世面。安排好今年的旅行计划，年底带宝宝去迪斯尼乐园玩一次。暑假带宝宝回国一个月，然后暂时把宝宝留在国内两个月，自己和老公趁这个完整的时间完成自己未来计划的重要一步。

2015 年夏和老公在画室

在宝宝成长的路上，我也在成长，希望宝宝每天都可以见到一个更好的自己。

我的超级妈妈

“初次见到董阿姨，或许她更满意我称呼她许太太，她那时爱穿很流行的鱼尾裙，化着不浓不淡的妆，常带着美好的香气出现在我们凌乱的宿舍里，教你过夜的水不能喝，要多吃水果……充满生活味道。从那天下午开始，这个优雅的女性形象就一直出现在我的脑海里，挥之不去。”十二年后，大学时期的好友这样描述记忆中我母亲的样子。

的确，从小我就时常沉浸在周围伙伴对我的羡慕之中，无论身材、气质还是谈吐，母亲在人群中总是特别耀眼的那一位。直到现在，母亲依然有着同龄人无可比拟的年轻与优雅。爱美的母亲，一头乌黑发亮的秀发，清水挂面似的或披或随意扎着马尾辫自然地飘在身后，尤其是她那双明亮的大眼睛和白皙的肤色令我自叹不如。

外表娴静的母亲在家里却是一位不折不扣的“严母”。母亲从不过分地溺爱我，力所能及的事从不代劳，都让我自己去做。时常听母亲说，很小的时候我就学会自己吃饭、穿衣了，自理能力强。记忆中从小学到高中的所有家长会母亲都亲自参加，认真记下老师的一项项要求，和各科老师沟通交流，我则在家里紧张地等着母亲回来。到现在我还记得考完试后自己颤颤巍巍把试卷递过去的忐忑心情，母亲总是很耐心地跟我一起分析原因，但她对我的严格要求却不容我讨价还价。在我成长的每个阶段，母亲都教育我不要骄傲，鼓励我做得更好。就这样，从小学、大学到研究生，再到我踏入工作岗位，从合肥、北京到澳大利亚，再到如今在美国的一所知名大学任教，我的每一个进步都与母亲的严格要求和适时赞美分不开。后来母亲对我说，她一直认为好孩子是夸出来的，要求不能放低，但是态度可以灵活。如果说我现在在事业上还算是有一些进步和成绩的话，这都归功于母亲的教导。

母亲在外婆家是七个兄弟姐妹中最小的一个，自然非常得宠，但是在我面前母亲展现的则是完全不同的一面。“超级妈妈”是一直以来我对母亲的爱称。母亲说话快，做事快，万事通，在我看来简直“无所不能”。她注意科学养生，不厌其烦指导我们运用很多生活中健康的小常识，比如每天早餐前要先喝一杯温开水。她除了会讲这么做对身体的益处外，还会在餐桌上为你摆放一杯水，让你不知不觉地逐渐养成了良好的习惯。我常开玩笑说，母亲给人“洗脑”的水平堪称一流，直至你按照要求照办为止。平日里，家人头疼脑热的小毛病，母亲教我们按摩有关穴位或用自家种植的金银花、枇杷叶熬水喝，竟也很快就治愈了。母亲的这套简易疗法效果好，见效快，省去了吃药、打针，还没有副作用。

从小到大，母亲都会在我需要帮助和照顾时出现在我的身旁，对我自始至终都是疼爱有加。记得小时候我学电子琴时，每次都是母亲骑着自行车，身上挎着长长的电子琴，带着我去学习。学钢琴时，我们母女各自骑一辆自行车去老师家，母亲总是骑车在我的外侧，时刻保护着我，生怕别人或车子碰到我。上大学时，每年寒暑假，母亲都会把我床上的铺盖被褥一个人运回家，拆洗晾晒，开学再送到学校寝室铺好。今年在得知我怀孕后，母亲时刻挂念在异国他乡的我，坚持远足美国照顾了我两个多月。虽然我知道，家里的一切和父亲也离不开她。母亲来了以后，每天变着花样为我做营养餐。我喜欢吃菠萝，从美国超市买来的削好皮的菠萝口感不好，母亲为了让我吃上新鲜的菠萝，买回一个个带皮的菠萝，自己学着一点点削、挖。每次看着母亲被菠萝扎得通红的手，心里都特别感动。在母亲精心的照顾下，我的体重快速地增加，每天都有种当公主被宠坏的感觉。宝宝出生后，小家伙夜里经常哭闹，升级为外婆的母亲更是一抱就是几个小时，唱着摇篮曲，慈祥的一面表现得淋漓尽致。

我的这位“超级妈妈”不仅热爱生活，无微不至地疼爱着每一位家庭成员，而且在事业上不甘停步，积极进取。前年母亲刚退休在家，我还着实为她担心了一阵，怕她不能充实自己的生活。但是没过多久，我就接到母亲的越洋电话，她激动地告诉我自己的作品第一次见报的喜讯。从那以后，隔段时间我就会听说母亲的新作问世。开始的时候，母亲或许只是为了充实自己，再过过，写作已经融入了她的生活、她的精神。这次在美期间，每到一处，就会看到母亲掏出小本记录点滴见闻，甚至忙里偷闲写下了万余字的美国见闻，令人敬佩。

母爱似水，母亲对我的爱犹如涓涓小溪，无时无刻不在滋润着我。养儿才知报娘恩，现在自己做了妈妈后更能体会到母亲把我培养成人、成才的不易。我爱您，妈妈。女儿再大，您永远都是我心中的“超级妈妈”。

致　谢

转眼之间，我的研究生生活即将结束。三年前，我带着美好的憧憬来到了北京语言大学——这所令我朝思暮想的高校。而且也正是在这里，我实现了人生一个又一个愿望，达到了一个又一个的高度。我要深深地感谢我的母校给我提供的机会，给我营造的学习和生活环境。

感谢我的导师邢红兵教授。一直觉得自己很幸运，能够在研究生阶段师从邢红兵教授。是他领我走上了研究的道路，鼓励我们排除外界的干扰，专心学习。邢老师不仅是我学习上的导师，更是生活中的良师益友。在澳大利亚担任志愿者的那年里，虽然远隔千水万山，老师仍旧经常和我联系，对我的思想和生活状况非常关心。为了我的论文，邢老师更是花费了很多精力，帮我选题、检索语料，为我理清思路，这使我在论文的完成上少走了很多弯路。

感谢江新老师、陈前瑞老师和施春宏老师在开题报告时给我的鼓励，并精辟地指出了我论文存在的问题，提出了有益的修改意见。

感谢我可爱的姐妹王斯倩、张金竹、张银丹、王舜真、刘梅和翟文。忘不了我们在论文的写作阶段，在汉考机房度过的那些日子。虽然每天任务很重，但我们相互鼓励，成为彼此的支柱。

感谢我的父母、奶奶和外婆。他们默默地爱着我，支持着我，并且时时关心我论文写作的进度。

感谢我的男朋友，在繁重的科研任务之下还抽出时间，帮我解决了论文写作过程中很多技术问题，并给我论文的排版提出了不少意见。

感谢一切关心和帮助过我的老师、朋友！

许尔茜

2009 年 4 月 20 日夜于北京肆零书屋

关于读书

1. 您觉得读书在您的生活中占据着怎样的地位？平时会花多长时间在书房？

我主要从事的是教学的工作，在教学中非常重要的一个环节就是准备课程。一堂50分钟的课，我通常需要用上最少七八个小时的时间查找文献、阅读资料，所以读书本身对于我的工作来说至关重要。平时工作中与人相处、交流的机会很多，工作之余最大的享受就是把自己关在书房，再放上一些轻快的钢琴曲，让自己沉静下来，从“对外”模式切换到对内的“半休眠”模式。习惯了每天晚饭后总要在书房里待上两三个小时。

2. 您喜欢阅读哪类书籍，有没有一些您特别喜欢的作家，为什么？

最近喜欢利用零散时间阅读一些作家写的散文，如果有比较大块的时间倾向于阅读历史类、传记类的读本，比如这半年读了费正清教授、崔瑞德教授主编的《剑桥中国史》，由英国剑桥大学出版社出版。通过这部丛书，了解到了西方学者视野中的中国古代史、近代史面貌。书中对于文本的处理也尽显西方学者的作风，广泛引用文献材料，注意辨伪与考订。

3. 您的书房有什么特别的装饰？哪些是您特别喜欢或者自己设计的么？

最近迷上了水彩画。在美国有一种活动叫作“Paint Nite”，一些绘画爱好者聚集在富有文艺氛围的沙龙或小型餐馆内，由一位绘画老师主持，一二十人边学画画，边小酌一番，享受艺术的夜晚，并在两个小时内完成一幅画作。回家后把自己的习作挂在书房的墙壁上作为装饰，显得别有一番情调。

2015 年夏的画作

4. 您的书房经历了怎样的变迁，在这过程中，您经历了哪些不得已的割舍，或者您为了保护这些藏书做了哪些努力？

这些年移居不少城

市，从合肥，到北京，再到澳大利亚，最后来到了美国。随行李跟着我的书籍也因为搬家的原因减之又减。但是遇到自己喜欢的书还是会不犹豫地买下。

5. 给您印象最深、最有感触的一本书是什么？对于它您有着怎样的故事和回忆？

因为工作的关系读过一些时间管理类的小册子，以便给学生一些建议和启发。印象很深的一本是俄罗斯作家格拉宁所著的《奇特的一生》。这本书讲述的是前苏联昆虫学家柳比歇夫教授一生中利用自创的“时间统计法”，把时间“据为已有”自由支配，从而在学术上多产的故事。教授每天的生活大致分为学术工作、写信（写信似乎是他每天必做的工作）、社会工作、休息（主要是读书看报）几大块。钻研学术是他的主要工作，大概每天要花上四小时的时间。写信每天要用两到三个小时。社会工作两个多小时。教授每天差不多都会坚持阅读一个半小时，近七十页书稿。

6. 您有哪些特别的阅读习惯？为什么您选择这样的阅读方式？

常常光顾图书馆，每次借上厚厚一摞，然后自己规定一个时间完成。虽“书”不是一定“非借不能读也”，但图书馆的资源丰富，再加上在海外购买中文书的渠道有限，借书成了一种十分便利的选择。我会先读目录，把自己特别感兴趣的话题一次性一网打尽，再利用其他零散时间把其他内容浏览一遍。这种方式对于我来说既有重点,又可以提高效率。

7. 您是如何喜欢上阅读的?童年的时候是谁在这方面给您的影响?

深受父亲影响。从小就在父亲的书房里长大,家里除了藏书上万册的书房外,沙发、电视柜、床头柜……书籍随手可得。上小学的时候就常常趁父母午睡或不在家的时候,搬一把小椅子,好奇地看看自己身高以上的书柜里放了什么书。虽说家里的藏书不是每本都翻阅过,但是由于常常“混迹”书房,哪本书放在哪个柜子里,都清清楚楚。直到现在每年休假回家,也总要在夜深人静时在书房里站上几个小时,看看家里有没有新书“出没”的痕迹。如果发现,总要抽出来就地坐下,读上几段。

8. 您作为一个藏书人,对于书的保存有着怎样特别的要求?会不会有点小洁癖?

自己购买的书除了在扉页写上购买时间、地点、人物外,从不在里面写任何批注、评论。如果需要,会重新拿一张小纸写上几句,夹于中间。看书的时候水杯从不放在离书较近的地方,也不吃零食,这算不算一种小小的洁癖?

9. 您觉得阅读给您的工作带来哪些特别的收获?对您的生活和个性有哪些影响?

阅读太重要了。作为一名教师,与人沟通的能力很重要,但是如果每天只输出知识而不输入，不用多长时间就会感觉自己在讲台上“失去了魅力”。一定要留出给自己充电的时间，这个充电的过程需要自己独立经历，暂时远离人群，集中注意力，边阅读边思考，阅读完了还要配上写作的环节。只有每天坚持输入，日积月累才能看出自己的变化。

我是个“可静可动”的人。需要进行对外交流时，我可以精力充沛地干上很多天。但是假期时如果我自己独立待在家里，只要有书籍的陪伴，也可以充实地安排好自己的生活，完全不会有“孤独”的感觉。我不是一个一定需要别人陪伴的人，但书籍的陪伴是必不可缺的。

10. 您在国内读本科和硕士，有在澳洲和美国的教学经验，您觉得三个地方的读书氛围有哪些差异？

在澳大利亚和美国生活的时候，常常可以看见人们包里随身带上一本厚度适中，但很轻便的纸质书。等车、坐车、在银行大厅里排队办业务、在餐馆外面等待叫号、课间在走廊上席地而坐等待下一节课时，都会拿出书来读上几页。

11. 在您的海外汉语教学中，您会推荐学生看那些汉语书籍？

从初级阶段开始，我就会引导学生阅读甚至背诵一些唐诗、宋词。到了中级水平，鲁迅、张爱玲等经典作家的作品更是学生们耳熟能详的了。到了高级汉语阶段，阅读内容更丰富了，一些现代作家也会成为我推荐的对象。

西部行手机短信集

2004年7月7号

16:30分,姥姥、三姨、四姨、妈妈和露露姐姐去骆岗机场送行。

妈妈(18:38):宝宝有事勤问虚心请教,自己独立锻炼一次下次就有经验了。不要紧张,上飞机看别人怎样使用安全带的,多学习多观察,爸已去双流机场接你,放心吧,乖。

我(18:43):知道啦,妈妈放心吧。

老爸(19:54):你准备一个本子按年月日时记录宝宝的短信做纪念也算她写的旅行笔记了。(老爸的信息均是发给妈妈的)

我(21:51):妈妈我到了,爸爸接到了,放心吧。

2004年7月8号

我(07:02):妈咪,昨晚下飞机坐机场大巴到了市里,下车沿护城河走到汽车站附近,我们就在那里的一家旅馆住下,环境很好,早晨5点半就起床赶最早的一班到康定的车,7点开车。

我(12:11):中午在路边下车吃饭,红肠和豆腐麻辣的好好吃,一路小雨很凉爽，已过了二郎山隧道，再有一个多小时就到康定了。

我（19:05）：已经躺床上休息啦，去了康定的跑马山和公主桥，这里好冷哦，都有人穿羽绒服了。

妈妈（19:09）：宝宝旅行一天累了，早点休息，天冷需要买衣服就买，听爸爸的话，哄哄他，听话，多保重，乖。

我（20:04）：妈妈我们睡了，明早6点的车，去甘孜。

2004年7月9号

我（05:55）：我们上车了，我把所有的衣服都套上了，短袖套中袖套长袖感觉好多了，不冷了，昨晚睡总觉得床不干净，连头发都是戴上浴帽睡的，今天又要坐很久的车大概下午5点到。

妈妈（06:04）：旅途肯定是辛苦的，但也是你人生的财富，哄哄爸爸今天住稍微好些旅馆，他吃软的，听话。俗话说：穷家富路。我会给他讲的，你们要互相谦让，听话，乖。没事在车上给同学发发途中见闻、欣赏欣赏沿途的风景很有趣的。乖。

我（06:09）：知道啦，放心吧。有情况再向妈咪汇报。

我（13:33）：早晨路过一座雪山还看到了彩虹，路边藏民盖的房子好几层都是用石头垒的再涂上漂亮的花纹，他们特别热情，一看到我们的车就停下脚步向我们招手，一直目送我们走远。

我（13:33）：又路过了塔公草原和龙灯草原，那里有水葬场，藏族人死后尸体放在天葬场（新都桥有一个，我们刚刚路过）让老鹰来叼，剩下的骨头带回家念四十天经再运到水葬场。

我(22:36):收到信息了,在甘孜呢。那时在寺院拍照不好回短信,坐在车上很少有信号总显示无服务,只是接近每个县城时才有信号,甘孜晚上 9 点多才天黑。

2004 年 7 月 10 号

妈妈(05:40):我和姥姥、大姨每天都在家看中国地图。看你们旅行的路线,跟着你们去旅游,学到了很多知识,了解了那些地方的风土人情。谢谢你发来的信息。昨晚休息得好吗?气候怎样?要学会照顾好自己,有时间就发见闻,让我们也长长见识。乖。

我(13:27):我们驱车前往德格,那里是格萨尔王的家乡,有名的印经院就在那里。在路上能看到一些虔诚的藏民沿着公路走 · 步跪拜一次,整个身体贴在地上,他们要这样一直走到拉萨,今天天气很晴朗,寺庙旁的路上有些喇嘛欢乐地骑着自行车,还有开拖拉机的呢,看起来很是有趣。

我(13:39):早晨一直没信号,刚下车才有的。老爸肚子咕噜噜的,他问你要不要吃诺氟沙星片,何时吃?

妈妈(13:50):叫你爸吃诺氟沙星片预防,以后吃食物要吃熟透的,不要吃半生不熟的肉等,要注意卫生,喝开水或正规牌子的瓶装水,带上大帽子,爸也带,高原紫外线强,要涂上防晒霜保护皮肤,听话。多保重,乖。

我(14:14):知道啦,妈妈放心吧。

我(14:49):早上穿越 317 国道的最高点时,云彩都在我们的脚下啦。一车的藏民都在大声做祷告，往窗外丢印有经文的布条以表示对这座神山的崇拜，据旁边的那个叫扎西的小伙子说，这种仪式的汉语解释是风马，一个人对着经一次只能祷告一次，但向骏马般驰骋的风可祷告成千上万次，以此表现他们对佛的诚意。

我(14:57)：我们住的地方叫格萨尔藏式宾馆，标间是60元，好漂亮的，里面全是藏式布局，房顶画满了花纹。现在看电视吃西瓜休息。

2004年7月11号

我(08:02)：睡得挺好，这里都是白天热，晚上冷，很干燥，没有雨，昨天参观了印经院，门票一人25元，格萨尔王的故乡在下面的乡，太远不好去。

我(21:33)：妈妈别担心，今天手机没电了，而且一直没信号。早上8:45我们穿越金沙江入藏，中午到西藏的江达县，午饭都没吃就和四个藏族小伙子(扎西和他的三个兄弟)一起包车去昌都，路上又是修路，离昌都只剩下20分钟路程时，那司机的急性胃炎犯了，耽误了3个多小时。

2004年7月12号

我(07:52)：昌都有强林巴寺和有名的天葬台，昨晚出去吃了烤牦牛肉串，好美味哦。

我(10:03):妈妈我们早上参观了强巴林寺,始建于1444年,该寺是藏东康区最早最大的格鲁派寺庙,沿路往山上走就是天葬台。

我(15:10):这里不热不冷,就是雨水很多,明天早晨去林芝,再一站就是拉萨了。

我(21:31):妈妈,记录每条都写日期和收到的时间,每条中间最好留几行。明天可能一路上信号不好,但妈妈有情况及时发,这样一有信号我们就能收到,好好努力啊,妈妈的英语一直不差。

我(21:51):下午逛了逛街,上了两小时网,待会去吃串串香。妈妈,老爸说回去以后赞助我们去上海怎么样啊。不急先别睡嘛,老爸说我和他一人出一半钱,明天去打听航班价钱、时间。我是否五折,你能打几折?若买来回票多少钱、住宿情况。

2004年7月13号

我(07:50):我们上车了,去林芝,是卧铺220元,下铺好难受哦,头都抬不起来。

我(11:48):妈妈帮我(手机)存钱啦。谢谢妈妈。我们来回都打折吗,我们行驶的路上正下着大雪,完全被冰雪覆盖,好冷啊。在路上最让人头痛的就是上wc,男的都是就地解决,当众人的面,这已经成了他们不约而同的习惯,像我干脆不喝水,要不一路上很麻烦。

我(13:56):刚吃了午饭,我们现在在邦达,这里有世界上最高的飞机场。

我(19:07):我们在八宿停下来了,车上一个人不愿给钱,司机叫来了110,他们都被拉到警察局去了,还不知道要等多久能发车。

妈妈(19:15):(他们在路上遇到困难,鼓励她)哦,宝宝别着急慢慢等吧,有爸爸做伴不怕,你们在外不要和别人发生争执,小心从事,出门在外总会碰到这样或那样的事,没关系的就当体验生活吧。宝宝旅途要愉快,保持好的心态,听爸爸的话。乖。

我(19:35):虽是卧铺车但司机说晚上 11 点要在波密下车睡。妈妈放心吧,车子又开了。

老爸(21:31):一切正常,在路上。

2004 年 7 月 14 号

老爸(07:10):不下雨了,还没吃饭,马上就走。宝宝手机快没电了,今天到林芝。

我(10:16):手机电池不多了,下午到再详发。

妈妈(10:20):宝宝要是太冷需要就买衣服,千万别着凉,旅途一天很辛苦,晚上要休息好吃好,第二天才能有饱满的精神旅行。俗话说:穷家富路。听话,祝你们旅途快乐、开心。

老爸(20:00):刚到林芝,宝宝要今晚去拉萨。已坐上车,得 7 个小时能到。

2004 年 7 月 15 号

我(07:40):前天坐的那辆卧铺车真不是一般的脏,被子也很可怕,没办法只能这么躺着,凌晨 2:30 才到波密,司机说早晨 7 点再开车,这时谁也不再会再找旅馆睡 3 个小时,我们就在车里睡了一夜,第二天早晨10点就吃午饭，下午6点多到了林芝。一路上看到好多独自旅游的大学生，有男有女，他们路上结识然后一起行动找个伴，到了林芝我们不想住下，这个城市并没有什么特色，我们在这里竟看到了拉萨河，找辆私人的车子，凑足了十个人他就发车了，晚饭在路上吃，这一路距离很长但路况很好，6个多小时就能到，8点出发，我们夜里将近3点到。拉萨下着雨，打的到西客站，就近找家旅馆住下，脏得可以。

妈妈(07:50)：好的，宝宝在外要学会适应任何环境。昨晚睡得好吗，今天在拉萨好好玩玩看看，一路上辛苦了，多逛逛，多照相，给同学寄明信片作纪念。吃好，休息好，发见闻给我，乖。

我(08:07)：妈妈我们买到了下午3点到敦煌的直达车。不错吧。是汽车卧铺。整个西藏都没有工行。我们的钱能用到敦煌，老爸到时再联系你。

我(12:36)：我们在布达拉宫，好宏伟哦。里面几乎都是黄金宝石做的，单单一个五世达赖的灵塔就有3710公斤黄金，价值连城啊。我们在布达拉宫门口买了好多纪念品哦。老爸还专门给妈妈买了呢。我们价还的很低，挺不错的。早上又逛了八廓街和大昭寺，拉萨就这样搞定了。

我(13:16)：我们到了罗布林卡，意为宝贝园林，18世纪中叶清驻藏大臣始建，这里是七世达赖晚年沐浴泉水治病的休息室，后成为历代达赖的夏宫，东面是罗布林卡，西面是金色林卡。

老爸(14:38)：我们下午去敦煌，拉萨早晨很冷，中午太阳出来又很热,方便时了解一下青海省格尔木市有没有工行,再查一下敦煌有没有,没有媳妇办不到的事。多谢了。

我(18:07):我们刚路过羊八井。妈妈帮我们查从甘肃张掖市到西宁市有班车吗。车是软座很舒服,连夜开直达敦煌。明天下午6点多到。

妈妈(18:30):有。在227国道,348公里,长途汽车西站,7:00,17:30,18:00,开全程七个小时。

我(20:46):这里一般10点多才黑呢,现在亮得像下午3点钟。一路上,沿路都在修青藏铁路,草原和山上星星点点的都是牦牛和羊。我们到那曲啦,现在太阳晒得我们不能混。

2004年7月16号

我(09:51):我们刚刚在格尔木吃过早饭,下午5点多到敦煌。零点半越过唐古拉山。敦煌今年到现在只下过两场雨。

我(16:16):路过了一片沙漠,格尔木以盛产钾肥和盐著称。都是沙漠,山不高几乎没草,车上有三个韩国姑娘,她们一句中文不会。竟也毫无顾忌地享受旅行,还差75公里到敦煌,快了。

老爸(18:01):已到敦煌。住空调房间,钱已取。这里不下雨,天天大晴天,晚上凉快。

我(19:56):我们到敦煌了,刚参观了月牙泉和鸣沙山,完全就是一片沙漠。

我(20:33):看17号有没有亚洲杯足球赛直播,中央五套。等会就吃饭去，这里好热，不过房间好舒服，有空调淋浴卫生间 80 元。

我(23:46)：刚回来吃晚饭去了，在敦煌的夜市。这里有各种肤色的游客，我们吃了羊杂、羊蹄、羊肚、茴豆汤、杏皮茶和四川麻辣涮，回来买了李广杏和郁金香(一种瓜)。甘肃的水果很美味哦！

2004 年 7 月 17 号

老爸(09:36)：我在等宝宝(在莫高窟参观)。这里不下雨，天天大晴天，晚上凉快。家里的花、菜具体都咋样？

我(10:40)：我看完回来啦！学生证五折。莫高窟好神奇啊！随随便便踩的地都是唐朝的。

妈妈(10:50)：很好！只要你看得高兴，有收获就好。好好休息吧。听爸爸的话。乖。

我(16:13)：在前往嘉峪关的路上。路边好多向日葵，主要还是戈壁和沙，没什么特别的。

我(18:18)：我们到嘉峪关啦！还没进城就看到长城的关口。

我(21:43)：我们住在火车站旁的旅馆，标间 80，竟然豪华得像三星级。

我(23:43)：刚从富强市场出来，这里都是烤羊肉串的，特正宗！当地人都是一大把一大把地买吃，我们则是几串几串地买。他们说一看就是南方人。羊身上什么都烤，看到一个男的津津有味地拿着一个羊头啃里面的羊脑。这儿人都好实在、好热情，看我们是外地人，还多赠送了几串。随便问谁问题时，都热情得罩不住，帮我们参谋最经济的乘车方法。路上每棵树都用灯打亮,很华丽。

2004年7月18号

我(10:46):刚从城楼回来,还照了好些照片呢。

我(15:13):妈妈我们上车了,车上有位子,放心吧。是火车,终点郑州,明晚到。有车就可以直接回家了。妈妈,成绩单收到了吗?

2004年7月19号

我(08:06):刚醒,在硬座上睡的。补卧铺要加近两百,没必要。

我(20:18):我们快到郑州了,运气好的话可以赶上9点多开往合肥的火车。成绩单收到了吗?

我(21:21):我们赶上车了,明早6:40到。

2004年7月20号

我(06:46):妈妈我们已到,不要接了,打车回去。

(完)

从澳大利亚和美国
寄回国内的部分明信片集锦

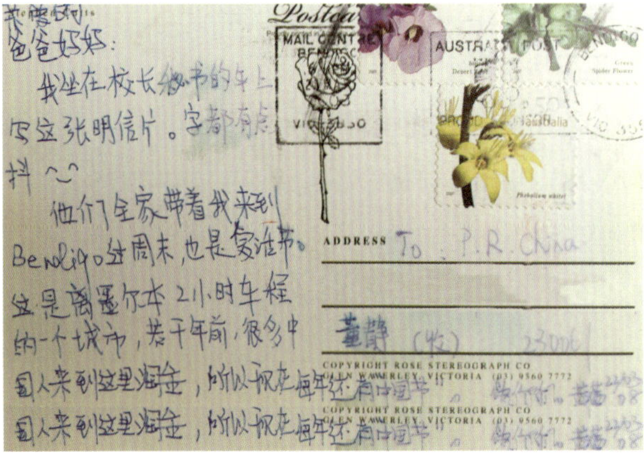

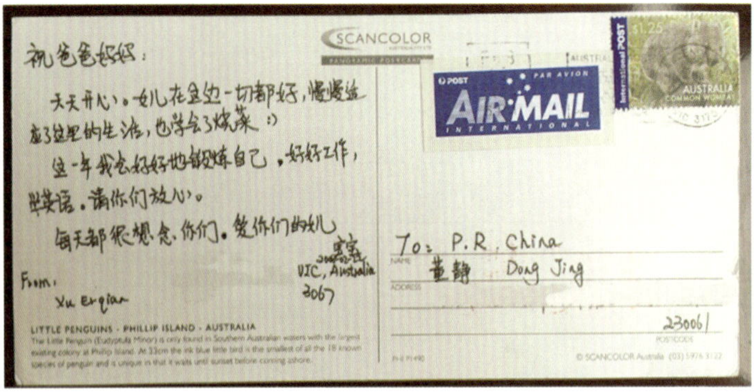

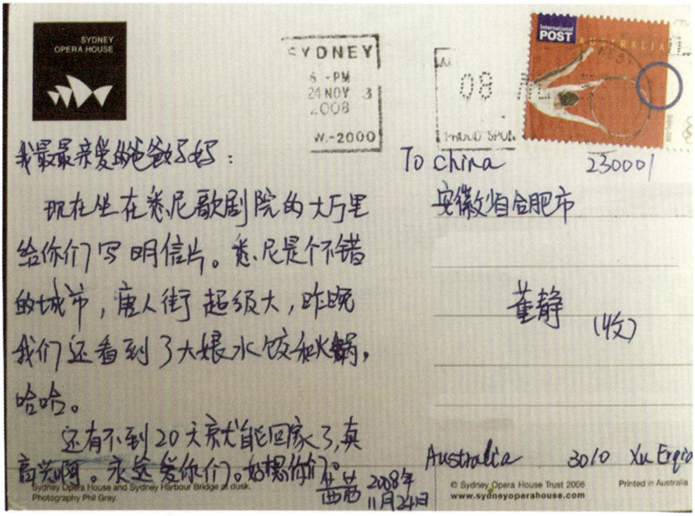
SYDNEY OPERA HOUSE

SYDNEY 6-PM 24 NOV 2008

我最最亲爱的爸爸妈妈：

现在坐在悉尼歌剧院的大厅里给你们写明信片。悉尼是个不错的城市，唐人街超级大，昨晚我们还看到了大娘水饺和火锅，哈哈。

还有不到20天就能回家了，真高兴啊。永远爱你们。好想你们。

茜茜 2008年11月24日

To China 230001

安徽省合肥市

董静（收）

Australia 3010 Xu Erqia

Sydney Opera House and Sydney Harbour Bridge at dusk.
Photography Phil Gray.

© Sydney Opera House Trust 2006
www.sydneyoperahouse.com

Printed in Australia

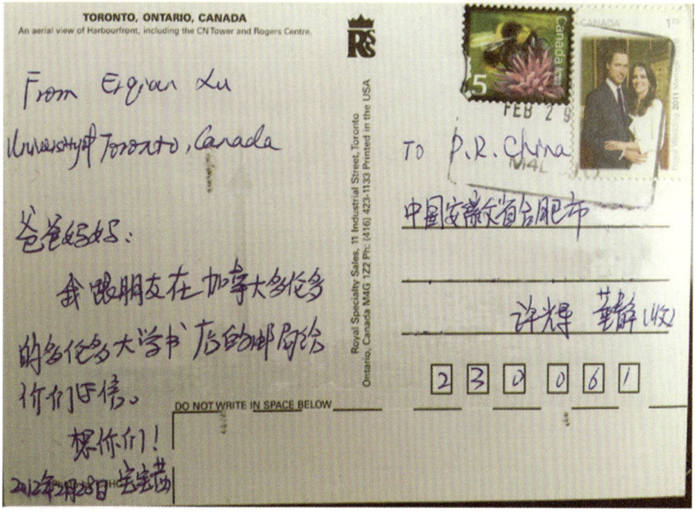
TORONTO, ONTARIO, CANADA

An aerial view of Harbourfront, including the CN Tower and Rogers Centre.

From Erqian Xu

University of Toronto, Canada

爸爸妈妈：

我跟朋友在加拿大多伦多的多伦多大学书店的邮局给你们写信。

想你们！

2012年2月28日 茜茜

Royal Specialty Sales, 11 Industrial Street, Toronto Ontario, Canada M4G 1Z2 Ph: (416) 423-1133 Printed in the USA

To P.R.China

中国安徽省合肥市

许辉 董静（收）

230061

DO NOT WRITE IN SPACE BELOW

THE BREAKERS
MUSIC ROOM
NEWPORT, RHODE ISLAND
From: Erqian Xu
To: China, 230011
亲爱的爸爸妈妈：
祝你们新年快乐，
多出作品！
邮票是在纽约买的，
PHOTOGRAPH BY: RICHARD CHEEK

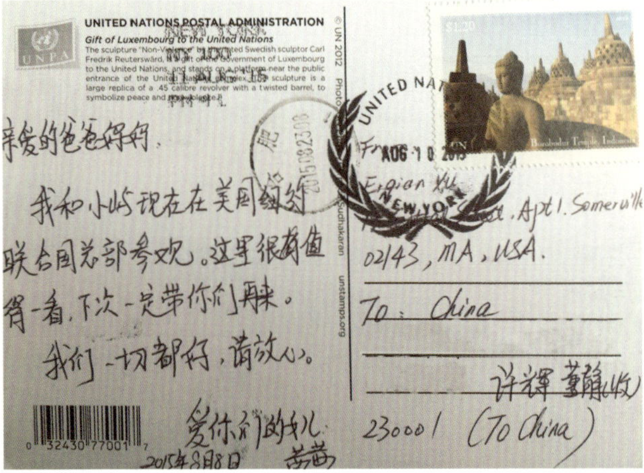
UNITED NATIONS POSTAL ADMINISTRATION
Gift of Luxembourg to the United Nations
亲爱的爸爸妈妈，
我和小屿现在在美国纽约
联合国总部参观。这里很值
得一看，下次一定带你们再来。
我们一切都好，请放心。
02143, MA, USA.
To: China
230001 (To China)
2015年8月8日

生命因书香而充盈

许辉简介：安徽省作家协会主席，中国作家协会全国委员会委员，中国作家协会全国散文委员会委员，曾任茅盾文学奖评委，国家一级作家，中国作协会员，安徽大学兼职教授、硕士生导师。

著有中短篇小说集《夏天的公事》《人种》，长篇小说《王》《那时候》，散文随笔集《和地球上的小麦单独在一起》《和自己的淮河单独在一起》《又见炊烟》《涡河边的老子》等。短篇小说《碑》为全国高考、高校考研大试题，短中篇小说《碑》《夏天的公事》等翻译成英日等文字，收入大学教材。作品多次获国内文学大奖。

午餐的回忆

数月甚至数年后跟妻女说起那件事，仍觉得刻骨铭心、耿耿于怀。那是一个美丽的午餐时刻，天空宁静，人世平和，桌上有鸡，有虾，有女儿最喜欢吃的粉丝烧肉。吃兴最浓的时候，不知道为什么说到了女儿的一次考试，于是两个既成年又有实力的大人虎视眈眈地联合起来盘查一个小不点，于是妻子怒气冲冲地去给老师打了一个核实电话，于是我锦上添花地勃然大怒：先用五指在小不点的脸上扫了一遍，然后把她提起来扔到沙发上。——女儿没有忘记那天中午她酷爱的午餐：她被甩到沙发上的时候嘴角挂着一根沾满胡椒面的粉丝，摔下去之后她所做的第一件事就是把那根粉丝吸进肚里，然后才来得及哭出声来。

人对自己的发现往往源于小事。数年、数月后别的往事已经淡去，但午餐、粉丝、五指扫过嫩肤的一刹间的感觉和女儿机器猫一样夸张大哭的脸却永远地留在了我的心底。想起女儿童稚无欺的神态我就非常非常后悔，甚至当我一人独处时想起这件事时也是如此。从那以后我再没打过她，哪怕是在盛怒的时刻。在饭桌上或晚饭后的闲谈中，我们总会谈到类似的话题，我会笑着并且用一种最真诚的发自内心的语气对女儿说：这是迄今为止你给我上的最深刻的人生一课了。请保持你们良好的“人权”纪录，请别碰你们的孩子——这是我想对每一位父亲和母亲说的话；但我又想，没碰过自己孩子的父母，他们对那种至爱的亲情的体会又会有多深呢？我经常在工作之余默默地、长时间地坐在房间的一隅看女儿的背影，倾听她的呼吸，跟踪她的动作，感觉她的气息，并且陷入一种似是而非、略带省责的沉冥状态中去；人们的相遇有一种非常难得的机缘，特别是你的心血、你的骨肉，你的至爱至情，你绝没有理由不万分珍惜它，哪怕一分一秒——这都是自然和生活的法则吗？

笛 声 传 来

天气仍很热，对面的住宅楼上有笛声传来。我们对此已经习以为常了，因为在对面楼上住人后的四五年来，每逢休息日或节假日，那种学艺式的、坚持不懈的笛声总会长时间地传来，使整个生活区覆盖在一种带有小城市气息的、固执的音乐声中，如果它还不是噪音的话。

笛声较为幼稚，当初更加幼稚和含混。这么多年来，我们能够听出，笛声是吹笛人在自学，他（或她）是没有师傅的。对于绝大多数人来说，要学好一项技能，没有专业性很强的教师的教授，只会事倍功半。在眼花缭乱的现代社会里，那种时间我们也是付不出和付不起的，兴趣当然是一种例外。

我们全家经常在来路不明的笛声里议论纷纷，我们也会用笛声的坚持不懈来教育女儿，我们还会猜测那是一个什么样的吹笛人。我们肯定他是一个年轻人，也许是一个少年，但他所有的一切我们仍一无所知。

秋天快到了，但天气仍较热。笛声还在继续。

夜　　虫

夜虫叫得很早，天才刚要黑，它们就迫不及待地叽叽咕咕地闹起来了，起先我没太注意它们，待天黑了，人声也较静了时，它们的说笑声就显得大了，也清晰明亮了。我在屋里坐不住，想喊着女儿一起到外面走一走，去会会说笑着的夜虫们，但女儿已经睡熟了，天真烂漫，于是我沉静下来，就在屋里听夜虫们的笑闹声，外面真是很好很好的夏夜和月亮，天气阴晦了很长时间，直到前两天的一个下午，天气才又晴朗起来。没有酷暑的夏，也许仍是情节之中的故事。

夜虫仍在叽叽咕咕持续地笑闹着，我想我一定得抛却了荒疏和慵懒，出门去走走了，虽然没有女儿的参与和陪同。我起身离家走到了室外。室外很有些情调，离夏夜和夜虫更近了，也更能感觉它们鲜活的存在了。我真的很早就该出来了。

飞　　翔

天气转晴的时日，我在屋子里看着室外暖融融的阳光，听着耳熟能详也是稍纵即逝的市声，我当时的强烈感受就是，春天即刻就会到来并且瞬间转为孟夏，根据我们的生活经验，江淮之间的春意是太短暂太短暂了，几近于无。我们无法细细体味其中的滋味和奥妙。

女儿也在健康而迅速地成长。一些往事历历在目：十几年前刚有女儿时我承担了洗尿布的工作，从那以后我就对鸡蛋敬而远之了；女儿上幼儿园时我每天去接她，然后我们父女俩从面包店里买一些美食，在熙熙攘攘归意甚浓的大街上边吃边逛，直至尽兴；在公园里女儿因为要零食而号啕大哭，我在大庭广众之下，因恼火而推搡了她几把，从此我的这种形象就成为她们母女俩奚落的话柄……

但是女儿正在快速而健康地成长，在我的感觉里，她正扑扇着翅膀想要飞向更远阔的碧空。她正在成长成一个讨人喜欢的大姑娘。她的愿望也在一个接着一个地实现，她在一厘米一厘米地长高，她又读完了一本厚书，她的钢琴考级又升了一级，春节她又见到了她渴望见到的所有亲友……在我的感觉里，她正在缓缓地，但又是不可更变地从我们身边起飞，她将融入那种叽叽喳喳蓬勃盛旺的新生的社会丛落（千百万个像她那样成长起来的孩子们）。那将是一个父辈们不甚熟稔的社会丛落。但她们将生活得更好。重要的是，她将从我们的身边飞走，飞翔，在她们自己熟识的气息中，离我们远去，我们将"孤苦伶仃"地生活，但这都将是我们所愿意的。

1987 年 7 月于天津

野菜故土

每到春天的时候，合肥市场上总会出现一阵子卖野荠菜热。野荠菜有一种殊异的清香味，特别是做成饺馅，包在饺子里。最有这样的情况：在朋友家里玩乐，突然吃到了用野荠菜馅包成的饺子，因为没有思想准备，惊喜的感觉更加突出，往事的排浪会一阵一阵袭来。

淮北的野荠菜都留在我小时候的记忆里。现在还记得的是一个乍暖还寒的初春日子，我跟着大姨到宿县护城河南岸的陡坡上去挖野荠菜。那时的护城河南岸还是一片田荒地，地里的土被一冬天的低温冻得酥酥的，细细的，脚踩在上面，一走一个深脚窝。野荠菜总是比别的野菜、野草醒得早些，初春的日子，大地才有些青绿，它们就拱出土皮，展伏在春天的阳光里了。

荠菜是一种野味，地皮也是一种野味。地皮又叫地衣，颜色灰黑，状如木耳，是一种菌类生物。地皮得仲春、暮春、初夏连续的雨后才能生出。就是在暮春，春雨绵绵、涟涟、雨绒如烟的时刻，我们提着小小的篾篮，姐弟几个，或许还有邻家般大的玩友，跑着跳着往郊外去了。地皮都生在枯草里、湿地上和坟茔间,枯草里的地皮个儿大、柔韧韧的,还都沾着碎屑的枯草;湿地上的就小多了,也零碎,颜色浅淡;坟地间的呢,那里的地皮个儿大、颜色深、又肥又厚,但我们不敢到坟地里去拾,再说大人也不叫到坟地去拾,说那是死人的骨头长出来的。

香椿芽应该是另一种野味了,这都是春天的出产。天开始暖起来的时候,香椿芽便在枝丫上生发了,一丛一丛,酱绿色的。香椿芽是凉调的好菜:在开水里绰一绰,捞出来切碎,再佐以酱油、香油、香醋、白花花的水豆腐,即可食用。香椿芽有一丝淡淡的苦味,它的美食,也正是从这丝丝的苦味里来的,苦味在先,香浓在后,形成了香椿芽百食不厌的风情,没有人能忘记它的。

我印象里深刻的大姨去年已经故世。春雨蒙蒙中草地里的地皮也久久不见:在城市里没有,远郊我们又无暇专顾;香椿芽倒还能在春天里吃到:父母家的院外种了两株,每年春天,我们不但能够品尝,返肥时父母还会从冰箱里取出留存的一小袋,给我们带回;但女儿并不喜欢吃,这总使我有一种怅怅的失落感:时间不但改变了别的,连孩子的口味也改变了吗?确实,她们已经没有那种春雨如烟的饮食背景了。

野荠菜在春天里是大量上市的。我以前总认定它们都是在我故土的南河沿生发出来的。直到有一天,我在菜市里看见一个老农的身前用一块手绢兜着的一捧野荠菜,那些野荠菜颜色灰暗、形状萎蜷,一点都不抢眼,一点都不水灵,也没有什么人光顾它。我立刻明白过来，那些成包成筐出售的，都已经跟南河沿、野草陡坡，没有一点关系了。

觅得一个晴日，我带着女儿去了农村。走前，我们说好是去挖野荠菜的。因为可以到大自然里玩耍，女儿非常高兴。我们来到离城三十里的小镇，来到小镇的野外。地里的野草长出了很多，但哪里有野荠菜的踪影呢？我们转遍了田头、埂塍、塘坡，但至终也一无所获。

故土、故事、故情，那都已经过去很久了。除了我们自己的记忆以外，没有谁还能领受我们的这份实情。但它是不是能够遗传呢？通过血液、脉搏，遗传给我们的孩子，遗传给下一个世纪，遗传给春天和春雨轻烟的草坡，遗传给另一个心跳……？能的，能的，因为春天还在，枯草还在，湿地还在，树苗还在，所有的人的真诚，也许都还在。

听女儿弹钢琴

早晨我一直在床上听女儿弹奏一首仿古曲《送别》。女儿弹这首曲子,是因为学校下个星期要举办文化节,这是她的节目之一。

她是在她的房间里弹的。我靠在床上,呼吸着清晨新鲜的空气,我想起了许多不容怀疑的亲历过的事。我的脑子里一直在想着这样一句话:在另外一些地方,那里的某人是怎样生活的呢?我想到在乡村的某个地方,他们所有的人,和我们都无二致。我说的是七情六欲。比如现在,他们要吃早饭:太阳已经升起来了,一个男人,蹲在木制的门槛上,手里捧着饭碗,他在吃早饭,他身后屋里的桌边,是他的家人——妻儿以及更小的晚辈——他们也在吃早饭。他边吃边看着门外的菜园,菜园前方的麦地,麦地更远处的一条两边长着灌木的土路;太阳已经升起来而且比几分钟前升得更高些了——上升的太阳总是升得很快的。他一边吃饭,一边用眼睛往远处看,一边头脑里想着许多事,许多今天和今后该办的事。放下饭碗,他就背着粪箕,经过一片大蒜地,一片大麦地,往村西一个大些的人工河边去了,那里长满了刺槐和各种灌木,并且经常有返家或下地的女孩子三五成群地在清清的河水边洗手和脚——她们丰满的胳膊和小腿都早已被太阳浆黑了。

——这也许就是别人的一种生活。我在想，我们每个人的生活会有什么根本的区别呢？我觉得没有。区别只是我们的感觉而已。或者说，区别只是我们生活的背景的变化而已，没有别的。

进入钢琴的境界

钢琴当然是舶来品。但它经过数代华人的演奏，已经被证明是在中国有生命力的一种基础乐器。女儿年前跟莫若伟老师学习钢琴的弹奏，立刻把我们也带入了那种钢琴的境界。每星期一次的登门求教，入得室来，人便浸入一种心诚而曲意顿生的气氛中去。那当然不完全是理查德·克莱德曼的浓郁的抒情，理查德·克莱德曼是通俗的。他有着强烈的现代人追求轻松、时尚的聪明以及才华，他的弹奏对于仅仅是作为欣赏的欣赏者来说，有着大众式的华丽而瑰妍的情调及魅力。但莫老师似乎并不推崇他，也许那是对学生的学习过程有着丰厚洞察力的钢琴教育家对学生的一种着力保护：钢琴的学习经常是枯燥的，对结果的过分关注或热情，反而会毁了学生。但莫老师又是慈厚的：当她的训练有素同时对孩子们来说又是温暖的手指流水般从琴键上滑过的时候，有生活经验的人立刻就会在那种催眠术般的乐曲声中想起春天在枝头上歌唱的鸟、夏天的一小阵急雨、秋天枯黄了的韧草以及冬天雪落在南方山林里时大人们脸蛋红红而孩子们高唱想唱的任何新老歌曲的生命景致——钢琴的确是浪漫的，同时也有激越如瀑的撞击，但它本质上似乎永远陷在庄重大方的浪漫的急如骤雨的眩晕之中，一如二胡可以在幽怨之中结痂，竹笛可以如期贴在俗众的即兴倾诉中一样，钢琴当然是一种特别的难以复制的浪漫和更加难以复制的浪漫的叠加。我现在已经完全不怀疑我对这种尤物的直觉式的定义了，钢琴正在我们身边扎根，它的文化侵略也还远未见止境。

钢琴又是奇怪和费解的。它把所有的内容都隐藏起来而只显露基本的黑白两键供亲近它的人延展自己可能的想象。我们走近钢琴（不管它是哪种颜色），在座位上坐下，这时钢琴就会感觉到你的存在，它的内心就会轻轻唱起小精灵的伴唱的歌曲。许多人都有这种明显的感觉，感觉它是有生命并且是润泽的，但是它又需要两只特别的灵巧的手来启动它，然后它就倾心于你并且追随了那种内在的韵律而急切地旋个不停旋个不停。它的朦胧的背景里走出所有的小矮人、思想者、花仙子、现代女郎、流浪汉、王子和公主以及那双谁都曾经憧憬和艳羡过的停不住的红舞鞋。它有着神话般的魔力，不仅仅是孩子们，正在落发或者秃顶的成年人也需要它的依靠和陪伴，需要琴键有节制但又是纵情奔放的抒情，“让你的十指在琴键上唱歌并且舞蹈”，孩子眨着眼消化了这个童谣里的诗句。对了，这正是钢琴的真谛！它告诉了我们所有的有关钢琴的秘密，但也并非到此为止；在周六的钢琴沙龙的演奏会上，对音乐，当然包括对钢琴弹奏出的乐曲尚感陌生的父亲，会得到一句更加善意却也更加摸不着头脑的忠告：钢琴演奏会结束前的任何掌声，都绝对是不礼貌和不文明的。但是当代浮躁的父亲们正在急不可耐地改变着这一成规，因为钢琴的冲击力使他失去了应有的自持，而台上的演奏者恰又是他的女儿。——谁还有信心去制止这样热衷于女儿和艺术，但却只领取最大众化工薪的父亲呢?!

三只小鸡

春天我出差在外给家里打电话，妻子告诉我，女儿养了三只小鸡。鸡蛋拿回来时，天气还比较冷，她们一夜起来给鸡蛋换了五次热水袋。后来小鸡快出世时，她们心情太迫切，“剥壳助出”，结果有三只小鸡活下来，其余的几只死了，这成活率我觉着也是不低的了。

小鸡成活一个多星期后，因为出生的早迟和先天的原因，有了大、小及活泼、迟缓之分，女儿便分别给它们起了小不点、小调皮之类的名字。老师说：小朋友接触一些小动物有好处，可以培养他们的爱心，可以了解小动物的习性，可以增长有关的知识。它们还能给小朋友带来乐趣。

我出差回来看到了它们。它们三个好朋友，毛色、个头都不太一样，但叽叽地抢食吃的稚态和挤在一起睡觉的憨态，都让人觉得十分可爱。我们经常围在纸箱外边，兴致勃勃地观看它们。妻子几次告诉我，说有两只小鸡喜欢在一起，它们不太跟另一只玩，那另一只就硬挤到它俩中间去，而那两只之中的小不点，就经常趁那另一只不备时，往它肚子底下一钻，再一顶、一抄，把那另一个顶翻。看起来它们真有意思极了，好玩极了。

它们越长越大，纸箱小了，妻子又找来个大纸箱，它们在大纸箱里玩得更欢。每天晚上都得给它们换一次纸，这样就显得很干净，夜晚它们睡觉也有一个更舒适的环境。它们的翅膀过几天就要剪一次，因为它们老是尝试着飞出来，要飞到纸箱外面，如果那样的话，它们就要调皮了，会把家里的东西全弄脏的。

这样过了一小段时间，出了一件意外的事情。有一天出着太阳，但刮着很大很大的风，我家住在六楼，六楼的风更大。纸箱是放在阳台上的，那天中午我和女儿都在家，我一边打开灶火，一边写一篇稿子；女儿在写作业。后来我到阳台上去，一看纸箱被风刮翻了，箱里还剩两只小鸡（那两只喜欢在一起的），另一只不知到哪儿去了。我从阳台上往下看，下边是一条小巷，小巷里看不出有什么异样的动静；我和女儿又在阳台上、房间里四处寻找，也没找到。我说：“纸箱可能已经翻了有一会儿了，要真是摔了下去，肯定也被下面过路的人或者住家的人拾走了。”但我和女儿商量了以后，还是决定由我到下面去看看。

我不抱什么希望地来到楼下。一下楼，就看见巷边绿化的土池里有一团毛茸茸的东西，再定睛一看，正是我家那只小鸡，它真的从六楼上掉下来了，我的第一个想法就是：当初要是不剪它的翅膀多好，那样它就能飞了。我连忙走过去，我看见它掉在一蓬草上，但它的头前就是一块石头，它伏在地上，扑展开了身子，起伏很大地喘息着，还发出一些小小的求救的叫声，让人心酸。我赶忙伸出手去把它拿起来，这才发现它的一条腿摔断了，断骨直刺到皮外，而且伤口附近很快已经集聚了一群蚂蚁。我把叮在它身上和伤口处的蚂蚁一个个全捏死，然后小心翼翼地捧着它回到家里，在它的伤口上涂些消炎止血的药膏后，把它单独安置在另外一个小纸盒里。它的同伴一直都在叽叽地叫着找它，它也叽叽地叫着，但很快它就没有力气了，可能它的体力和心力都损耗得太大了，它只能使劲地喘息着。它还清醒，还能不时地抬头看看四周，露出惊恐的神态。

一个下午它都还好。到了晚上，它就有点不好了，它抬头的次数少了，很没有精神。女儿看到它这个样子，心里十分难过。到了夜间，女儿睡觉了，妻子再去看时，小鸡已经完全不行了，死了。妻子说："我把它送到楼下去吧，明天早晨女儿起来，看见了会伤心的。"第二天早晨女儿起来，妻子告诉她："昨天晚上来了个医生阿姨，把小鸡带走治伤去了，治好了伤，她还会把小鸡送回来的。"女儿很相信，之后的好几天都在问这件事，要妈妈打电话问小鸡的情况。后来我们说小鸡的伤差不多治好了，但阿姨跟它也有了感情，干脆送给阿姨吧。女儿不同意，女儿说："还有两个小伙伴在等它呢。你们要是把它送人了，我也会很伤心的。"妻子只好说阿姨出差了，等阿姨出差回来再去要。

后来剩下的那两只小鸡，渐渐地长得更大了，有半斤左右了，再喂就有点脏了。女儿说："小鸡小时候特别好玩。"妻子趁机说："干脆别喂了，宰了吃算了。"女儿说："不干！不干！"后来我们到菜市去，菜市正卖这样大小的小鸡，女儿想吃小鸡，妻子说："小鸡养大了就是给人吃的，小时候可以玩，大了就可以吃。”女儿不说话。中午吃饭的时候，女儿考虑了半天，终于说：“好吧，那就把小鸡宰掉吧，不过我肯定会一边吃，一边流眼泪的。”因为女儿的最后一句话，这事还是定不下来。隔了一天，我们又商量：到星期天，我带女儿出去玩，妻子在家杀小鸡，女儿看不见，回来就可以吃了。妻子不同意，她说：“我不干，你们都想躲避，叫我落个坏名声。”我说：“为了下一代，总得有人做出牺牲吧。”妻子答应考虑考虑。到了有一天，妻子晚上单位开会不能回来吃晚饭，因此她下决心宰小鸡，就算我们父女俩一天的菜肴了。我当时正在卧室床上，已经听见妻子捉小鸡的声音了，我突然想起女儿上学还没走，连忙喊：“哎，等一会儿，等女儿……”妻子一听，把小鸡又放了，到屋里说：“我不杀了，我不干这偷偷摸摸的事，以后讲起来，责任还是我的，你们还会说我是刽子手。”

就这样，小鸡到现在还在纸箱里叽叽喳喳地觅食，吃菜叶。这两只小鸡大约是南方鸡，喜欢吃米饭，不喜欢吃馒头，晚上两个小东西挤在一个角落睡，早上它们醒得早，就用喙敲纸箱壁，女儿听见它们敲纸箱壁的声音，就醒了，就知道该起来读书了。

（附记：二十几天后，妻子征求女儿的同意，还是把小鸡宰掉了，晚餐时，女儿边吃边哭，眼泪汪汪地说：“小鸡，不是我要吃你们的，是妈妈要我吃的。”）

女儿的老师

女儿从上幼儿园到上小学四年级，已经有过许多老师了。她的老师大多是女老师。女老师细心，待孩子又温软亲切，所以女儿对她们也亲近得很。曾经有一段时间我们把女儿放在一个单位的幼儿园里，中午我们都回不了家，女儿就在幼儿园里跟一位刚结过婚的老师到职工食堂打饭吃，那位老师也是因为家远回不去的。她们俩说说话，做做游戏，度过中午难挨的几个小时，直到其他孩子下午到来为止。

女儿小学的班主任也是位女老师，她们俩的关系好像处得特别好。上一年级时女儿看起来还很小很小，是个小不点，学校放学过马路回家，小学生们都排成队走，老师拉着女儿的手走在最前面，汽车来了，她们一挥手，汽车停住，她们都一溜烟地跑过去了。有时候妻子送女儿去上学，半路上碰见了老师，老师立刻取代了妻子的工作，领着女儿，亲亲热热地走了。

女儿的老师中也有些很出人意料。曾经有一段时间，天气很热，妻子中午回不来，我每天中午和女儿在家里吃饭，女儿就讲她们班一个临时代课的老师的故事：上课时有个小朋友伸舌头，老师鼓励他：使劲伸，伸长了我们当滑梯玩。

有个小朋友上课没带作业本，哭了，许多同学都举手，报告老师：老师老师，他哭了，他哭了。老师说：他哭了喊我有什么用，喊我抱他？以后你们要这样说：老师老师，他哭了，你抱抱他吧！同学们都笑死了。

孩子们太喜欢玩。老师说：好，我以后要把这门课改成游戏课，你们回家把我的决定告诉你们的爸爸妈妈，你们的爸爸妈妈肯定会说：太好了，这下你们可以玩个痛快啦！多好的决定，多好的老师呀！

老师说：你们写作业时可以故意做错一道题，然后请你们的爸爸妈妈检查、签字，如果他们检查得不认真，就检查不出来，这是对他们的考验。

临时代课即将结束，老师搞"民意测验"：让孩子们选举他们最喜爱的老师，每人只准举一次手。现在的孩子多聪明、多成熟呀，虽然有点为难，但他们知道该怎么选。结果她只比班主任少了一票。选举结束，老师高兴地说：没想到我代你们的课才这么短时间，你们就这么喜欢我，我很满意！

扁　豆

扁豆又叫四季梅，这两种叫法都有道理，也都是通过观察得到的。叫扁豆，是因为它的果荚结得扁；而称四季梅，则是因为它一年中的大部分时间都在生长或者开花、结果，给人的印象，就像是一年四季都有它的绿鲜鲜的存在似的。

扁豆对生活条件的要求十分随便，贫地、埂上、塘拐、墙脚，都可以生长。但它的果实产出量，却是十分的惊人，是超常的产出，而且愈到天凉，例如白露以后，它反而花绽愈多，果实愈丰。20 世纪 80 年代末，我们曾在合肥市郊区的老梁庄住过一年多，房是两大间砖瓦房，房前有一大片空地，房后有一个不算小的院子。春天搬过去时，正是点瓜种豆的时节，我在农村插过队，一看见弃地，手就痒痒起来，跑到白水坝种子商店，买回来不少蔬菜良种，又写信请早就在庭院里种果植树的父母寄了些种子来，铲草挖沟，翻土施肥，把一方小院分割成数块，分别种上了丝瓜、辣椒、小白菜、南瓜、扁豆等等。这都是些泼辣易成的菜蔬类，它们入土即活，遇雨鲜旺，后院里的土地又是许久没有种植过的，地力雄劲，蔬苗们初期的长势也就可想而知了。

但因为翻地分畦时的仓促、马虎，也因为一时心血来潮的热乎劲过去了，地里的杂草远没有铲除净尽，更没有随长随铲，一遇水肥温湿，杂草立即迅猛地疯长起来，不出两月，就成了气候，几乎把蔬豆菜类淹没。辣椒结了一些，小白菜瘦小巴巴的，丝瓜有它的办法，攀到了院中的树上，悬下了一些青果儿，南瓜也在地边拖了秧子，结了少数几颗果实，扁豆却是到夏末都没有大动静，只在院内尺多高的杂草上默默地延爬、伸展，又上了邻家的壁墙。我们想，今年的这一季，它是完了。

却不知道扁豆的生命是强韧的，也是大器晚成的。一入秋，其他的蔬类都打算结尾了，包括杂草。它却在草丛里和墙壁上开成了大片大片的花，结成了一簇一簇的果。我们自然是大喜过望的，于一个星期日的上午，两人合力，在地里、墙上，摘取了一竹篮青荚，除自家食用外，还分送了一些给亲朋。以后日日采食，甚至烫晒成干，却总也摘它不尽。直到过了白露，扁豆花开愈甚，果实也愈结愈多，我们全家都吃得够了，只好弃之不采，任由它老熟、枯落。偶尔站在院里的空地上，就想明年，小白菜和辣椒，都不会重现了，这一地一墙的，除了丝瓜，必定就是扁豆的天下了。实际的，扁豆的生命力，比那些杂草们还要强。

但在这一年的 11 月底，我们却搬离了这个有前后院的临时的居屋。第二年开春以后，屋后的园子里会长出些什么样的秧苗，地头田角会有一番什么样的争斗，我们都无缘目睹了，甚至连想象都无法想象，因为那里住了另外的人。我们不知道新住进去的人，会怎样对待屋后的院子、屋后的园地和园里的生命。他们对待他们陌生的东西，自然是不会有我们这样的感情的。他们会有他们的方式。

生命因书香而充盈

一生都喜欢书，虽然现在还不是说一生的时候。“文革”期间，父母都被“发”往干校去了，留下我们姐弟几个在城里上学。没有大人在，姐姐们很难树立权威，况且我又是老小，又是独子，平时常被“惯”着，多少有些任性；于是每一个晚上，每一个白天，都抱着在任何地方搜集来的任何一本书读，就这样把眼睛读近视了，也留下了嗜书的“老毛病”。

嗜书有三部曲：上中学前是交换书看，那时候经济不发达，还没有零花钱之说，买书当然没钱买，就只好跟同学、跟邻家的孩子、跟同学和邻家的孩子的哥哥姐姐交换书。其实交换也是买空卖空：利用时间差，从这儿得一本书，看完了拿去跟有书的孩子交换，又看完了，还掉第一本书，再拿第二本书去交换第三本书；如此循环往复，我的一丁点教养和基础中的相当一部分，都是这么读野书野读书得来的。

上大学时是借书看，大学里有图书馆，免费提供大量令人眼红的图书，况且大学里人人都倡导读书，读书非常合理合法，这下我可逮住了，不读白不读，读了不白读，三五天就去换五、七本书来，狂嚼暴饮，并且走上了极端，对那些我认为耗时耗力而又味同嚼蜡的课程，例如党史（其实党史我们都已经太熟了，谁考来考去没考过二三十遍？），例如外语（外语当然有大用，但没有外语的语言环境，还不是学了就忘。我希望有朝一日在良好的外语语言环境里，能够事半功倍地速成！），例如文学概论（都是老八股了，连教我们的老师都说，这些教材和概念50年代就固定了，三十年过去，社会和文学真的就没有一点改变和前进？）等，我都一概应付，应付不成就拒绝，拒绝不成再应付，目的其实只有一个，就是把省下来的时间，拿去读馆藏的真有魅力的那些图书，我自觉着我上学的机会不会再来，这是一锤子买卖，不嗜读怎么行？！

大学毕业后，读书的途径自然而然转向购买了。购买也是因为自己有了一定的经济能力了，也是因为成了家初步具备了藏书的条件了。书渐买渐多，书架增加了一个又一个。购书渐渐变成了一种欲望：花钱的欲望？拥有藏书量的欲望？无事时又做了一件事的欲望？可以向别人说我也有某本书的欲望？仅仅为了在书的扉页上记下许辉×年×月×日购于×地的欲望？或者兼而有之？

购书也有阶段性。记得有一段时间，80年代中后期，我对书产生了一种很腻烦的情绪，见到书或者书店，就有一种更年期的烦躁感，就没有胃口；但在大多数时间里，我都有购书狂倾向，到了一地，不管是大都市或小街小集，甚至长途汽车中途吃饭的路边野店，只要有书有书铺，我立刻就会凑过去（在这种事情上我绝不怕上当），凑过去的结果大多是买至少一本书或一本杂志，这都成了习惯或毛病了，而且愈是荒僻的小地方，愈有一些想不到平时买不到的价廉（因滞销的时间长）物美的书出现，那种故知旧交的惊喜惊奇难以描述。对一个地方的记忆也往往就变成了购买一本书的过程的记忆了，数载不灭。

我的书房

淮北佬斋是我的书房名，这个书房是两个半房间打通形成的，面积 50 多平方米，还专门请鲁彦周先生题了斋名。最初搬进来时，我女儿的同学到家里来，看到我的书房，就告诉许尔茜说：你家那哪

淮北佬斋

是书房，那是舞厅。2000 年时还流行唱歌跳舞，纪念大学毕业 20 周年，我的同学来了，都在书房里唱歌跳舞呢。不过现在大书房多了，我的这个书房就显得很小了。

起名“淮北佬斋”，是因为我对淮北感情深厚，我在沿淮淮北出生、长大、插队、工作，淮河流域的地理和文化基因，已经深深地植入了我的血液和内心。淮北佬斋又名“五闲阁”。所言“五闲”，即“有一些闲暇，有一些闲钱，有一些闲趣，有一些闲友，有一个闲人”之谓也。中国传统的知识分子，既追求事业功名，也向往闲情雅趣。我受到这种思想的影响，觉得事业之外，还是要深谙并享受宽厚的文化、休闲乐趣才好，唯有如此，人生才会丰富多彩、山水迭现，高潮不尽！

从 20 世纪 90 年代开始，我对给自己的书房起名十分热心，只要有机会，就要试上一试。最早我们住在合肥烟草大厦后面，那时候 30 多岁，朋友多，应酬广，喜欢玩，天天在外面打牌打麻将，成天不在家，常常几天几夜不回家，和女儿有时候许多天见不到面，我半夜回来，她在睡觉，她早晨醒了上学去了，我在睡觉。所谓玩物丧志，自己心里清楚得很，于是给自己的书房起名叫“荒废园”，其实就是警醒自己，但不下决心，效果就会有限，该怎么玩，还怎么玩，甚至变本加厉。

不过，我大致属于态度暧昧、意志坚强一类的人，有自持力和承担力，如果自己决定不做某事，自己就一定不会去做，不需要外力的强制。比如打牌，后来决定不再打牌，要把时间和精力资源都用在读书写作上，就真的不打了，10 多年来，饭前饭后可以凑个热闹，正儿八经的打牌，再也没有参与过。还有抽烟，我从上中学时就学着抽烟，那是“文革”时期，不正规上学，也没有人管，到处玩，到处野，经常偷父亲的烟，跑出去和小伙伴们喷云吐雾；在农村插队时也抽，抽那种9分钱一包的“丰收牌”香烟，后来是2角8分的“胜利牌”香烟；工作后继续抽，那时候人们办事，都会先敬烟，再办事，所以办公桌上总会有一堆一堆的散烟，七抽八抽的，断不了；1999年秋天父亲生病住院，医院里不准抽烟，半个月后父亲去世，我心里悲痛，但又不会在表面上过多地表现出来，可又要有一个有形的表现形式表达内心的悲痛，于是就决定不再抽烟了；从那以后，果然就一支不抽了，别人吸烟我并不反感、反对，但我也不会受到诱惑想去重拾烟趣，别人吸多少我都会无动于衷。

10多年前我在北京西城区阜城门二环附近有了一个小书房，我给它起名“肆零书屋”，这是因为我那时总是发现有40这样的数字在我面前晃悠，北京西城区的海拔是40米左右，北京市的纬度大约是北纬40度，北京天安门广场的面积40多万平方米，我的书房又位于4楼，还有一种内在的意思是：我其实是一无所有的，永远都要从头开始，要有这么一种平和的心态和心境。

前些年我在巢湖岸边有了一个小书房，那时候正在反复细读老子和《道德经》，于是就为之名“善水轩”，这意思不言自明，就是要像老子所推介的，以水为榜样和楷模，要像水那样居下、包容、宽广、利他、利己、守静。斋名别号，是中国传统士人文化极有特色的组成部分，其实，给书房命名只是表达自己的一种心境和价值取向，但多无妨，不一定非得归属实体，或要求实至名归。

园长不在家

园长不在家。家里的“听雨花园”暂时就归在我的名下啦。

立春不久，园子里不知从哪里冒出来的小麦种子，长出了几株小麦。我们在园子里看见了它们，那时它们还小，我说是野草，园长说是小麦。我说就算是小麦也没有什么意义，几株小麦既没有商品性，也没有太多的观赏价值。但园长执意要把其中的数株小麦移栽到一个不“碍事”的偏荒地带去，另几株仍留在花盆里。小麦也有移栽的？没听说过。但人家是园长。多管闲事多吃屁，明智点，还是少言为妙，就由园长去做吧。于是这数株小麦就在园子里长起来了。现在，园长不在家，小麦长势旺盛，已经开始抽穗、灌浆了。草本的植物和蔬菜似乎都能移栽，今年早春在小花盆里育苗的无架豆和有架豆也都移栽成功了，但不知道长势和产量会怎样。

一夜春雨，早晨起来，到听雨花园去，看见无数的蜗牛，在枯枝败叶上，在湿土地上，在植物的绿叶上，在花盆的边沿，在地面上，在墙面上，在大乌龟经常出没的墙脚、小道上，在门窗的玻璃上，在所有的地方爬行。蜗牛总是在春天雨后大迁徙，我想其中这可能有道理：雨后潮湿，借助雨水的湿滑作用，蜗牛的爬行比较容易，它们可以迁徙得尽可能远些。枇杷正在膨胀，但也有许多落果，种在大花盆里的果树，营养总是有限的啊。柚子要开花了，少数花蕾已经绽开了洁白的花瓣，有丝丝的香气飘散。

含笑盛开，听雨花园里香瓜或者香蕉的香气十分浓郁。呵，真香！真香！真让人愉悦！韭菜移栽后长得绿油油的，地下的土松了、厚了，也肥沃了。白兰的叶子长得可真宽厚，它占用的面积也越来越大，逐渐成为一个要解决的问题。酒瓶兰在哪儿都能快速生长，它的大球根汲满了水分，二三十天的干旱奈何不了它哩。从花园里可以居高临下看到城市的中层和下层，这让人有比较宽敞的视野感，也让人有一点掌控欲，毕竟这与处于地面的状况有所不同，在地面活动的人都处于最低层。所以，差异是无所不在的，因为人的心态会随时随地发生

听雨花园一角

变化。

又有了半天在家中的闲暇时光，我走进听雨花园，在非凉非热的温度下，左看看，右瞧瞧，视察着多日不见的“熟人们”。园长远足北美，这段时间可就是园丁我在家中、在花园里称王称霸的时光啦！对园中琐事，我有三宝：多维持，不更动，任其长。哈哈，吉人天相，我持三宝，到时移交，不多不少。枇杷还在发青、膨胀，少数的几个稍稍现黄，不过园长不在家，关爱不够，枇杷结得少，落得多，留在树上的已不足20颗。新栽不久的红芋和茄子都在缓苗。含笑花继续盛开，香若香蕉、香瓜。柚子花已经大开，洁白如玉，香气扑鼻。

园子里的一棵金银花突然盛开、怒放，让人吃了一惊，然后便且惊且喜。这棵金银花与书房外的金银花不是一个品种，书房外的金银花叶脉紫红，开出来的花，外表也是紫红的；而这一棵，叶脉是绿白色的，开出来的花，大而白。这段时间，园长不在家，而这棵金银花，打花苞时被我看在眼里，便暗暗地、每次都耐心地多给它浇水，于是就出来这么一个爆发式地集中开放。只见整个的一棵金银花树，一堆儿白，一堆儿黄，满满地裹了一大片。白的是初放的，黄的是经夜的。金银花所以叫金银花，正因为它会有这种变化，白的是银，黄的为金。一拉开空中花园的大门，香气就扑面而来，既是清淡的一种香，又是醇甘的一种香，百吸不厌。人到底是在森林里摸爬滚打进化来的，见到植物，就快乐得不得了。

哦，花盆里和移栽在地里的那几株小麦竟在陆续黄熟。最黄的那一株也许是秆高易摧的原因，从生节处折倒了，倒在靠近地面的一棵长势青翠的莴笋上，莴笋则用它肥厚实在的叶丛托着它，我赶紧跑过去，扶起折倒的麦秆，让它直起腰身，能够接受更多的阳光和微风。金银花仍在开放，香气四溢，提神醒脑，让人愉悦而又兴奋，感觉到生活的美好意义。留而未弃的唯一的一盆夜来香，冬天放在楼上客厅里，仲春搬它出去时，发现它竟然前所未有地枯“死”了。园长说没关系，地上部分死了，地下还会长出新苗来，用塑料布蒙上花盆口，留一些小洞，这样可以提高地温，使地下的萌芽早日破土而出。果然，它现在已经从塑料洞里长出一根长的和几根小的新苗了，且深绿，且幽然，生机勃勃。

园子里，小麻雀叽叽喳喳，攀在正要黄熟的麦穗上吃小麦。呵，这还了得，园长知道了对谁都不好！赶紧对它们嘘几声，它们噗噗都飞走了，调皮样十足！在窗户玻璃上发现一些刚出生的极小极小的蜗牛，自我粘固在玻璃上。它们受到本能的驱使，爬到窗户玻璃的至高处，粘在玻璃上，凝固在那里了。我动手把它们取下，放进湿润的花盆里，可有时觉得太远，够不着，只好作罢。凝固在玻璃上的蜗牛，不知道再下雨时，能否离开原地并找到适合生活的地方（有花草植物的地方）。从宏观的角度看，蜗牛们的迁徙是必要的，因为它们四散而往，会因此而找到新的生存地，它们的种群也会扩大，你找不到，它可能会找到，这一批找不到，另一批可能会找到，这一群失败了，那一群会成功，也总会有成功者。但对于蜗牛个体而言，走错了路径，就可能付出生命的代价，而又一定会有走错路径的失败者。这真是没有办法的事情。

看见花盆的一角冒出一片荷叶似的小小叶片，这是毛芋头呢，一定是上年起挖时遗留的地下根茎，今年又自个儿生根长叶了，哪儿用别人的督促呢！赶紧把它挖出来，移栽到水肥土厚的亮敞地，今年它们也一定能长得棒棒的！别处还有没有相同的遗留呢？转圈儿寻找，果然又找到一个，把它移栽到前一棵的附近，这样，它们就可以“协同进化”啦。

一场豪雨过后，听雨花园空气清新，土壤滋润，枝青叶茂。春雨贵如油。农耕文明的俗语既生动，又形象，还深玄。前两天气温有所升高，但一场雨过后，温度又有所下降。春温不定，这是季节的常态。在很大的花盆里养着的小些的乌龟大都钻进湿沙中去了，湿沙里避风躲雨，安全可靠；而大乌龟则在花盆后和落满枯枝败叶的小道上出没，不过它们现在还不太想进食，毕竟它们在生理上属于变温动物一类，没有持续的较高温度，它们身体的机能无法高速运转。在花盆和田地挡板组成的小道十字路口，我蹲下来拦住正在小道上漫步的几只大乌龟，和它们说些似懂非懂的话，它们歪着脑袋，佯装聆听，十分配合。我突然发现，小三子的双眼蒙上了一层白雾，哦，又有炎症了，这样会影响它的视力呢，得赶紧治疗。这时手机却响了，我去接手机。但我心里叮嘱自己：得想着这件事，得抓紧给小三子治疗呢！

终于又觅得一个可以在家中休息独处的下午和傍晚。我嘘出一口积累多日的浊气，走进花园。金银花花期收尾，尚有余香。枣树则花香四溢，淡雅适宜。春天新插的无花果枝条竟已长成小树，令人瞠目，多么旺盛的生命力！做人做事，难道不应该像新插的无花果树枝，一经沾土，湿润，即刻法乎自然，扎根旺长，完成生命的周期，不辜负生命的机会！萝卜长成更旺盛的一大片，估计很快就可以走进花园，随手拔几棵够肥够大的水晶红萝卜吃啦！移栽的毛芋头长出了两朵叶片了，它们的叶片此刻向着东方太阳的方向倾斜。

自家的水晶小红萝卜

第一茬菜辣椒昨晚已经佐餐，嫩嫩的，生着吃，既有营养，又不辣味逼人。几只大乌龟在水盆草枝附近出没，老大把头没入水中，似在掩藏自己；小三子昂着头听我的声音。我蹲下仔细看小三子的眼睛，炎症依然未消，它似乎看不见周边的物体了，只是凭听觉和感觉探知周围的动静。明天，我一定要找到家里原有的龟液，来治疗小三子的眼炎了。明天一定要如此了……

早晨醒来时心情已经杂乱，为一个又一个近期的和中期的事务塞得满了又满。但一转眼几十天已经过去了，小三子的眼炎不能再耽误。我到楼上杂物堆里翻找。哈哈，功夫不负有心人啊，其实只用了几秒钟，就看见那个黄色的小瓶子啦。找一只大点的桶，按要求倒点药液在里面，加些清水，把桶放在一棵大盆景的银杏树的后面，阴凉又有光。小三子在哪里呢？哦，小三子正在小道边的一些湿叶旁用鼻子捉潮虫和蜗牛呢。把小三子捉起来，学着园长的样子，和它说说话，说要用药水给它治疗眼炎呢，它也配合着，晃动晃动脑袋。呵呵，这件事真是完成了呢，心里深深地松了一口气。拔了几棵红皮蒜，打算中午或晚上用来生食佐餐，这可是极佳的健康食品呢。柚子和山楂虽然开花很多，但陆陆续续落了果，留下来的并不多。这是植物的因地制宜：花盆再大，资源也十分有限，透支的愿望可以有，但天道的制约更是硬道理，不可违逆。

天气突然暖热起来，早晨到花园里去，穿着长袖，很快就觉得热了，赶紧脱去，仅剩背心。天气预报说，今天的最高温度是摄氏 30 度，而昨天才只有 25 度左右。不过天气也是该热了，都公历 5 月 20 号了，淮河流域的小麦都大面积成熟了。猛地发现园子里那几株园长交代又交代一定要看管好的麦穗被小麻雀们啄得只剩下黄灿灿的麦壳了，呜呜，哇哇，这可怎么办呀，这往后的日子可怎么混呀，我没法交代呀。可我又不能责怪小麻雀们，在人们衣食无忧的年代，它们都是可爱的小动物，而不是人类必须的食品。我回到屋里，将此事第一时间向园长报告：就算你向小麻雀们献爱心啦，嘿嘿，嘿嘿，嘿嘿……

连续多天最高温度都超过了摄氏 30 度，今天更高达摄氏 34 度，不过这是最高温度，早上还是凉爽的，温度只有 20 度，十分舒适。现在的高温和 7 月的高温不是一回事，7 月盛夏，一天中温差小，酷热难耐，那是真正的夏天。随着温度的持续上升，蔬菜们的长势发生了巨大的变化，它们开始放得开了：红芋用最快的速度在地面上圈出了最初的势力范围；茄子生发出多个侧枝，向空中猛烈冲刺；无架豆在花盆口上形成了一个绿盖，叶子由淡绿转成黑绿，这说明营养和水分的供给是十分充足的，也是高质量的；有架豆纷纷顺着菜架爬上高处，占据有利位置，最大化地获取光热资源；山药也深谙此道，攀至菜架顶峰后，又相互缠绕支撑，向不可预测的高空探视。对植物和蔬菜们来说，季节和天气现在是给力的。生命短暂，时间紧迫，它们要抓紧生长季的每一分每一秒！

春季和初夏开过花结过果的果树和植物，现在都处于换叶发枝、积蓄能量的时期。含笑花的叶子由淡黄转深绿；枇杷突然有一批叶子变成了金黄，然后脱落了，上层新的叶子已经长成，下层旧的叶子完成使命，离树枝而去；金银花开花后树形会变得凌乱，叶子也不再鲜艳，有一片没一片的，这少妇变得太不讲究了。不过金银花被称为忍冬，冬末春初，它是最早绽放新芽、鼓起花苞的少数不畏寒的植物之一，到那时候，我们又能见得它不得了的风采；贴梗海棠花后也长得不甚好看了，同样的，冬末春初的时节，它艳丽的贴梗红花，每每令人激动万分！

休养生息如此重要呢！世界上没有永无止境地搏，因为那是不可持续的。所有的搏都预示着息的到来，需要补充能量，需要肯定或调整方向，也需要决定取舍。

天气越来越热，我却在正午最酷热晒人的时分待在园子里了。园长仍不在家，楼上楼下都是我的辖区。我待在园子里，给蔬菜、花草和果树浇水，和乌龟们说话，喂乌龟们瘦猪肉，整理花盆和土壤，新种一些无架豆。从土壤里发现的红蚯蚓是小乌龟们的最爱，它们争抢这种优质食品，抢得热火朝天。我在一个平浅的水盆里看见了小三子，哈，小三子的眼睛好多啦，期望它更快地好起来哈！生姜冒出了新芽，虽然出芽晚，但只要水肥跟得上，它们很快就会蓬勃旺盛地占据一方。毛芋头长出了第三片叶子，它的叶子起初是卷起来的，一夜之间就能伸展开，这第三片叶子比第一片和第二片叶子可大得多了，从今以后，毛芋头就会进入大叶子时代，直到秋去冬来。夜来香也冒出了许多绿芽，哈哈，它的生命力旺盛，长得快着呢！

早晨我到花园里去，第一眼看到是小三子。哈，小三子的眼睛快好啦，左眼几乎看不到炎症了，右眼还有，但不是那么严重了，哈哈，真好！第二眼看到的是萱草。花园里的萱草现在分别长在两个地方，一个地方是长山楂树的大盆里，另一个地方是闲置于花架下的无孔盆里的假山（松石）上。萱草俗称金针花、金针菜、黄花菜，最有名的名字叫忘忧草。萱草是中国古代文人的钟爱，唐朝诗人孟郊写萱草："萱草生堂阶，游子行天涯。慈母倚堂门，不见萱草花。"宋朝苏东坡写萱草："萱草虽微花，孤秀能自拔。亭亭乱叶中，一一芳心插。"明朝诗人高启写萱草写得全面："幽花独殿众芳红，临砌亭亭发几丛。乱叶离披经宿雨，纤茎窈窕擢薰风。佳人作佩频朝采，倦蝶寻香几处通。最爱看来忧尽解，不须更酿酒多功。"萱草可作物质食粮，也可作精神食粮。幽思、感念、怀旧、忘忧、遣怀，是萱草常被附加的人文精神。1980 年前后的一个夏天，我独自一人攀上大别山主峰白马尖，看到山风凉意之中草丛和石缝里开放的萱草，心里的感念真是无以言表。萱草在我家园子里，最初正式种在多个盆中，花色纯，气色雅，每年都倍加关爱。后来有一年，从花市的临时地摊上买回几株所谓"萱草"，花色浓艳，香气混浊，再后来竟把家里原来的淡雅品种也带坏了，于是就将它们随手弃于荒僻之处。现在留下的这几株,找到了自己的位置,回复了本有的面貌,默默地生长,渐渐也就可人起来。本有的面貌,真好!

连续几天高温,河北多地达摄氏 40 多度,江淮也高达 37、38 度,都创下了几十年来 5 月气温的新高。快速的升温对植物和蔬菜们倒是好事。早晨到园子里去视察,所有的植物都生长得很得意。特别是前些时候冒出新芽的夜来香,有一枝主干,粗壮有力,已经超出周边所有的植物,蹿长出一米多高了,这种顶端优势会更加助威它的成长。在周边没有遮挡的环境中,它对光、热、风等资源,将会有最大化的利用。呵呵,真是了不起!它们是永恒的,哪怕它们曾经死亡,或将要死亡。它们的死亡也是永生,因为它们的顽强精神永生!我无条件地敬佩生存力强、不挑拣环境、遇水即生、见水即长的生命!它们是我人生的楷模!

早晨我被雨点敲打的声音吵醒。呵,这正是“听雨花园”的来历。我起床来到听雨花园,把一个很大的塑料盆放到雨篷下接雨水。雨啪啦啪啦响着,这可把全部从湿沙里钻出来期待着天空和雨水的 13 只小乌龟们急坏了,它们在湿沙盆里团团转,想知道雨点打在身上和在雨水中游玩的感觉是怎么样的(我猜测)。我把它们都拿进大盆子里。雨水从篷沿汇入盆中。它们立刻奔向倾注的雨水之下,真是畅快啊!晴热多天,温度也升得超常,是该来一场雨,浇一浇心头的旺火了。对人来说,降雨人会舒服;对地里黄熟的小麦来说，降雨不利于小麦的收晒；对玉米和早山芋来说，这场降雨来得正是时候，它们可以借助雨热，疯疯地长上一阵；对于正在走出火车站的乘客来说，这场雨可真是糟糕，到处是人，人挨人，人挤人，又打不到车，心焦焦地想立刻回到家中的愿望，一时还实现不了呢！这都是人的感觉、人的要求和从人出发的利益标准。这既是唯“物”主义的，又是唯“心”主义的。所谓主义，在这里是“至上”的意思。唯“物”，就是从实用的角度去看这场雨；唯“心”，就是从内心出发去看这场雨。在这里，唯物和唯心没有根本的区别，只有视角的不同。13 只小乌龟们在雨水中疯跑疯玩，看到它们快活我也快活！这是它们生命中的一个高峰时刻。它们真快活，真快活！

夜里一直凉爽，早晨起来也很凉快，真是舒服。今天是端午节，到园子里去巡视一番。把红芋秧子翻一翻，这是俺近 40 年前在淮北农村插队时学会的招数，因为雨后红芋秧子速长，会沿土壤爬得四面八方都是，红芋秧子的所有节点，都可能遇土扎根，分散营养，所以把红芋秧子翻个身，不让它们遇土扎根，是十分必要的程序。那时在农村，雨后专门要干这种活，每位社员都拎一根棍子，沿无边无际的红芋垄往前走，一边走，一边用棍子把铺天盖地的红芋秧翻到另一边去，这样秋后就能有很好的收成了。枣花继续盛开、怒放，园子里有淡淡的花香。我站在枣树下望着北和西北的方向，内心里再一次期待有机会去华北平原，去那里的村庄，那里所有村庄的里里外外，无处不生长着成群成片的枣树，村庄中心还会有数百年树龄的枣树，华北平原真是个枣树的王国；内心还十分期待有机会去河南登封、许昌附近，去看一看许氏的宗贤许由隐居植枣的地方。我曾经搜集了许多关于枣树的资料，对枣树有着一种表达不清的特别的亲近，枣树有什么神奇的魅力吗？前几天看电视在湖北屈原故里有一位捕蛇人，他捕到蛇，就用左手按住蛇头，右手把蛇围绕蛇头依逆时针方向盘起来，然后用右手在蛇头的上空画一些看不见的符号，蛇就被定住了，一动不动，如果不解开，两小时后蛇就会死去，真是神奇、神秘！哦，对了，按照每年的习俗，端午节要在门上插艾草的啊。园长不在家，我也没上街办这件事……于是我折了一枝金银花，插在门旁，祈愿春去夏来，诸事平顺！

雨后的夜来香越长越粗，越长越壮，越长越高，其中最高的一枝已经长得比筷子还粗，快赶上旁边的银杏树了。一只花壳的蜗牛爬在葱绿的夜来香枝头上，呵，蜗牛，你们可真是无处不在哦。蜗牛是一种看起来弱势的小动物，但它们每一只都有28000颗细密的牙齿，所以它们吃起枯枝烂叶来，常如风卷残云。萝卜的叶子上现在也都爬满了蜗牛，它们的盛宴还在继续。如果在农家的菜地里，菜农们不会允许这种情况出现，对蜗牛的放纵，就是对蔬菜的荒弃，对生活的荒废。但在我们的园子里，蜗牛和植物，都只是我们眼中风景的一部分。社会生态的构成，复杂而多样。

园长昨晚发来信息，说女儿快要生产了，已经住进了医院，发来的图片显示，午餐（时差 13 个小时）丰富，三明治，烤鸡肉，面包，牛肉汤，哈哈，伙食不错哦。今天早晨，我起来后仍到园子里去转一转，瞅一瞅。看到园子里的植物和小动物们，像往常一样，我立刻又像进入了原野陌地，精神倍觉振奋。有架豆和无架豆都结出了果实，特别是有架豆，长长的豆角垂直向下，最长的已经超过 50 厘米了，它们脂玉般的花还在不断开放。春天新插的一枝无花果，长得不要太盛！大片的叶子朝气蓬勃，已经覆盖了相当一片领地。人类和自然界的其他生命一样，更新换代，生生不息，这真是令人欣喜！今天上午 9 点多，园长打电话告诉我，女儿生了个小宝宝，胖乎乎的，6 斤多呢。哈，母女平安，我也放心了。

几天不在家，花园已经变成一个收获的场所了。周六这一天的中午，我终于能够安静地睡了个午觉，起来后精神抖擞，拎着园长常用的小篮子，到园子里去采收。天有些儿闷热，我光着膀子，这是在自己家的园子里，又是在高处，不会有什么不妥。呵，所有的有架豆和无架豆都在开花、结果，虽然长长的果实还不够粗实。辣椒结得可真多，又大又黑，我摘了一个又一个，一口气摘了三四十个才住手，这我可怎么吃得掉哦。顺手留下的一盆洋葱也都结成了球根，几次想把它们挖出来，想想还是算了：反正我又不急着消费它们，还是等园长回来再起吧，让她找到收获的感觉。维护园长的利益，就得从一点一滴的小事想起、做起呢！最后一盆蒜头都很小，但独头蒜多，干了以后可辣了，吃的时候必须小心，以免辣得受不了。红芋秧子完全铺展开来,把裸露的土地都遮盖住了。发现一只闲盆里长出了西瓜秧,这是什么时候留下的种子?赶紧给它浇透水,至于能否结果,那是无法预料的。

早晨一起来,我第一件要做的事就是去园子里转一转,听听植物在这个几十平方米的地方生活的声音,看看鸟从花园外低空飞过的呆相,闻一闻城市早晨那种混合味的空气,然后找来工具,把一个空花盆里的土挖松,种上已经萌芽、正渴望与土壤和水分亲密接触的大蒜。种好了蒜,也浇过了水,我满足地看着胸有成竹、沉稳不语的土壤。是的,土壤绝对是胸有成竹的,虽然它可能并不肥沃,但没有疑问,进入它怀抱的种子,只要种子自身不出问题,它一定会用它所有的肥力,去供给种子萌芽、生根、长叶的需要的。哦,今天早晨真有收获!我已经有许多年不曾在早晨就有这种收获和感觉了。这还不是跟遵道、守静、居下、合一的原则相互因果吗?这大概就是人们常说的"接地气"吧,这是真的接上了"地"气,还有许多不直接接"地"的接地气,也是很好的。我一定要时时想着接地气这件事。这是一件大好、极好的事情!

下午天愈加阴得厉害,也许夜里会下雨呢。我在电脑上整理下周要去大学讲演的讲稿和 PPT,工作了许久,我离开电脑,到花园里去,休息休息。我给蔬菜上上肥,给果树浇点水。收拾整理枯叶零乱的地方。一边做着杂事,一边我脑子里想着讲演内容。这次的讲演，主题是长篇小说里的地域文化。用西方人类学术语来讲，地域文化是一个地方性知识系统。地域文化是一个相对的概念，徽州文化圈是江南地区的一种地域文化，江南的文化在中国这个大的文化共同体中是一种地域文化，而中国这个大的文化共同体在世界的范围里也只是一种地域文化，甚至只是东方文化的一部分。呵呵，这倒是符合老子的“道”理呢：人法地，地法天，天法道，道法自然，你中有我，我中有你，万事万物，都只是相对的，同时也是变化的，是以他者为参照而存在的。

初冬的雨从前天夜里开始下，一直下到今天早上还没有停止。如果天气较冷，雨一直下一直下，会让人觉得寒意入心，但今年到现在为止，天还不太冷，所以我对这场雨的看法，总体而言，是正面的，觉得它为我带来了安静的心绪，带来了平和的心态。早晨起来开门看花园，发现花园里的植物正在发生变化，也可能是深刻的变化的开端。夜来香的叶子已经变黄了，有些已经枯落；秋天放在室外照秋阳的一盆长势茂盛的君子兰，这场雨后就该搬进屋里来了，它们在室外照晒了秋阳，又接受了许多肥水，能量积蓄得很好，因此一整个冬天它们都能身强体壮，到春天就会开出又大又艳的花来；枇杷树依然开花不已，雨水把深绿色的树叶淋洗得愈加鲜亮厚实。对世界上所有与人相关的植物而言，人类的爱心有多深，植物的生长就会有多好。自然，以上这些所见、所思、所想，都与平和的心态有关，在一个相对而言的边界内，没有平和的心态，就不可能有如此这般的所见、所思、所想。平和的心态真的这么重要？是的，哪怕在激烈的足球场上，平和的心态与躁乱的心情也必然会影响事件发展的结果。平和的心态会带来冷静地对待，冷静地对待会发现转瞬即逝的机会，失去了机会当然就可能失去舞台和成功。不过，地球上的万事万物都是相对和有边界的，不同的视角即会带来完全和彻底的改变。

早上雨停住了，天略有点放亮，这是很好的。对生物性质的人来说，天气是人体舒适与否的重要因素，阴久思晴，晴久盼雨，这种循环永无止境。我走进园子里看花、看菜、看果树。园子里一片翠绿，花草和蔬菜的叶子上湿漉漉的，真清新！园长去她闺女那之前，还留下一株白茄子和一盆辣椒。茄子还在结，还有大约五个果实，但不知道随着气温的逐渐降低，这些果实还能不能长得更大些；辣椒除了数十个果实外，还打了许多花苞。不管怎么说，它们都是够敬业的，它们的生存能力也值得我们思考、效法和学习。我突然发现雨后的蒜地里长出了一些细芽，凑近了仔细一看，呵，原来是园长许久前撒在地里的芫荽（香菜）。芫荽出芽很慢，有时候出了芽也会由于种种原因而枯萎，现在在初冬的雨后，它们借助自然界的雨情，自然而然地长出来了。根据我的经验，这样长出的芫荽，会长得很好，长势也会很强。附近一个盆里的荠菜也长大了，园长在家的时候，它们还只是野草一样的小苗苗，现在它们长得很挤、很密，呵呵，我倒是希望它们能真像野草那样，趴在地上，颜色老灰，那才是我们都看重的野荠菜啊！

这个初冬的早晨，天空中突然传来几番雷声，接着就下起了小到中雨。哦哦，冬天打雷总是不多见的。园长仍然不在家，当我把冰箱里的饺子和馒头吃完的时候，园长就该回来啦。我撑了一把旧雨伞到园子里去。雨点打在听雨花园的菜叶上、树叶上、雨篷上。我站在植物中间，听到雨声不断，正如英国作家伍尔芙说的，所有的思绪都一拥而上，占据了我的整个脑海。我撑的不是戴望舒雨巷式的油纸伞，而是一把现代却不时尚的折叠布雨伞，丁香一样的姑娘早就飘忽不见了，空遗下一些儿惆怅、一些儿迷惘、一些儿困倦。高铁闪电般通过，惊动了一片又一片软卧在土壤上、草丛里或河渠旁的黄叶。就像一片树林一样，这片树林会有一个中心，或若干个中心，其余的都是副中心、中间地带或边缘地带。但中心、副中心、中间地带和边缘地带的概念只是一个视角的结论，即在某种视角中，比如在一个外来的植物学视角中，这是中心、那是副中心，这是中间地带、那是边缘地带。但在另一个外来的社会学视角中，原来的中心可能只是一个次中心，原来的边缘地带反而可能成为中心。而对生长于这一片地域中的植物或动物来说，中心往往就是它们自己，其他的分类都是外来的、人为的……

多天的冬雨后，太阳终于出来了，不过早晨的气温也有了大幅的下降，降到了零度以下。下雨的那几天，我一直都在外面跑，连轴儿转，前天到淮河以北了，夜里9点多才到家，昨天一大早爬起来，又跑去大别山区。现在太阳出来了，我这个上午也可以选择待在家里了，虽然中午还要外出应宴，但能够舒缓一下，心里觉得轻松了许多。清晨开门去听雨花园一游，哦，寒风阵阵，大部分植物都有些瑟瑟的寒意呢，城市的面貌也变得紧缩和简单。但黄心乌、黑心乌和莴笋却是例外。莴笋依然长得清凌凌的，连莴笋叶片上的蚜虫也不怕冷，一片一片黑压压地繁殖，我用手去捻灭它们，这是对付蔬菜"害虫"最环保的办法，虽然有点儿费事，可一点儿都不会产生食品污染。乌菜也仍然饱满、多汁、丰厚，我喜爱地看着它们，想着能不能铲下几株拿回屋里烧菜。这想法源于昨天晚上的一个快递。一位远在黑龙江的朋友给我快递了一盒红肠，看去真是诱人。她短信说：(快递)好快啊！这两天冷藏就可以，吃时也不用蒸，馒头稀饭红肠小咸菜是早餐的最佳搭配，两天后吃不完就冷冻吧，吃的时候蒸一下。两种颜色是两种工艺的，红色的是大众口味，深色的是秋林里道斯，炭熏的。呵呵，什么叫"秋林里道斯"？哈尔滨人肯定都懂，黑龙江人肯定也都明白。我回她道：说得我们都流口水呢，一定要按照你的指点，原汁原味地大吃一餐哦！哈，这正是我一大清早就来觊觎乌菜的原因。当然，乌菜并非"馒头稀饭红肠小咸菜"中的一种，但都是食品，我都喜欢得不得了！

早晨又到花园去，哦，外面结冰了。果树的盆土都冻得有点硬了，莴笋的嫩叶儿冻得瑟瑟的，大蒜的细叶弯曲着，黄澄澄的大柚子挂在树枝上，大概是连枝剪下来的时候了，黄心乌和黑心乌不受天气的影响，依然如故，山楂的叶子几乎就要落完了，它的树枝看上去都还肥腴，说不定明年会有较好的收成。四季总是和人生有许多相似，四季轮替，雨雪更迭，人生也多多少少会时秋时夏、冬去春来。遵道，大约就是要遵循自然的和社会的规律。不过，自然和社会的规律到底是怎么样的？怎样才是自然的和社会的规律？则需要实践和理解。

这几天我天天早上都可以到园子里去看一眼。年末岁尾，天气转变，一本书的读写也到了末尾了。下午到花园里去给蔬菜和果树浇水，因为天气较冷，蔬菜们尚不需要太多的水，但枇杷、含笑等果木却仍在开花或生长，需要较多的水分和营养。多年种植植物，我常常在花园里感慨：有些植物，种植或移栽后很快就死亡了，但有些植物，哪怕你把它抛弃了，它也能在一个偏僻的角落，默默地、但显然是快乐地成长起来。当你看到它正在茁壮生长时，不由得你不感慨，不由得你不感叹，不由得你不钦佩，不由得你不思考。我们做人、做事，也要这样，再严酷的环境，也能顽强地存活，甚至活得更出彩，活得更丰富，活得更有味，活得更富哲理。因为我们的存活，是为我们自己，但又不仅仅是为我们自己，我们同时也为人类积累了优良的品格和坚韧的精神。我们将为此而自豪。

天气大好，晴，也不怎么冷，但过几天可能又会降温。我连着几天每天早上都开门看看花园，而第一眼看到的都是柚子树上挂着的黄澄澄的大小柚子，于是每次我都会想，都12月初啦，该把柚子们采收下来啦，虽然园长不在家，没法及时请示她，但我也应该自觉负起责任来呀。于是昨天晚上睡觉前暗自决定，明天起来，第一件事就是摘柚子。所以今天早上一起来，我就开了园子的门，提着园长常用的很有生活气息的柳条篮，到园子里收获。柚子树紧挨着园子围墙，我小心翼翼地把园长为托住沉甸甸的大柚子而拴得很牢的尼龙网眼袋解开，然后再把柚子一个一个地剪下来，放进篮子里。柚子是种在一个较大的花盆里的，我一边采收，一边感慨，就是这一盆土，因为较重，从来没换过，尽管如此，柚子树每年都会为我们贡献十多个大小不一、让人欢喜的果实，这说明植物的潜能是巨大的，也说明柚子树内心的强大。也正由此，我们才应该更好地呵护它，保护它，维护它，多给它浇一些带肥的水。经过二十多分钟的努力，14个黄澄澄喜人的柚子都采收进园长的柳条篮里去啦。我又趁势把已经有点衰退的辣椒秆拔掉，把上面的辣椒收下来，把盆里的土翻一翻，抓紧种上大蒜。呵呵，我退后几步，看着收获和整理过的三园。园子需要精心维护和打理，所有的物件、事情包括心田也都一样，你不关心它，它就荒了。

哈，我的保护神要回来啦，她不在家，我这里的事就一团糟地都来啦，虽然一如既往都能有条不紊地一一做定，但总搅得我多消耗一些宝贵的营养和细胞。我夜里要去机场接她哦。现在，我刚刚把一桶带有紫红芋皮的洗菜水提到花园来，给继续开花的枇杷、剪去了果实的柚子树、正在积蓄能量准备早春开花的金银花和叶子基本落尽的山楂树、花椒树、无花果树浇一浇水。又把西阳台的西南角收拾好，腾出地方，把几盆种满了乌菜、蒜苗和莴笋的盆子搬到西阳台去，西阳台夜晚比较暖和，上午也有阳光，下午的阳光就更充足了，蔬菜几天之间就能很好地长起来，这样我们就能每天吃上新鲜的蔬菜了。但蔬菜在那里也有个不足，就是在西阳台时间稍长些，蔬菜的叶片都长得较单薄、不厚实、蔬菜味淡，这是阳光不充足的原因，而一直在园子里的蔬菜，虽然叶片厚、菜味足，但因冬天气温低，因此长势慢，个头小。以前冬天时，我们都是把许多盆蔬菜搬到西阳台，一下子吃不完，菜又长得快，就显得不好吃了，今年我想到这个办法，就是每次只搬两三盆到西阳台去，待蔬菜从无保护的环境里突然到了暖和的阳台里，会在一两天的缓苗后，发力猛长，这样我们就可以每天饱餐了。这几盆快吃完时，我们再不断地陆续补充一盆、两盆。如此一来，青菜既不会长瘦长薄，又能在阳台的暖和环境里长开、长大，哈哈，园长回来一定会批准我的这一妙招！

我待在花园里，穿着园长走时为我准备好的手缝棉裤，这样在书房里久坐时也不会觉得冷了。花园里的果树、蔬菜和其他植物都很安静，静静地享受着阳光的暖意。天气十分晴朗，虽然温度不高，但如果风不大，而又待在阳光下，人的感觉会超好，人会有一种幸福感，有一种尘埃落定的心定感。这是一个消化营养、积蓄能量的季

和园长在蚌埠涂山

节。昨天，也就是2014年12月16日，我去走读淮河下游的支流白塔河，我起得很早，不到凌晨3点就出发了。省道在低山区转来转去，天还未亮我来到来安县李官墩村，人却有些困了，因此把车停在路边村庄人家的门口，呼呼地睡了一小觉。当我醒来时，精神十分清爽，天也亮了，是一个晴朗的天气，看得清天地间的所有事物。气温在零度上下，车外清冷，但车里很暖和，这使我有一种享受生活的强烈感觉。我不急不忙的，记笔记，看地图，想事儿，心态极其放松，从身到心。当时已经快到7点了，但我停车的这些人家，没有一家起来的，没有一家开门出去做事的。我很有感慨。我要向这些村民们学习，只要有机会，就要无条件地享受这种慢生活！好啦，时候不早了，我要去机场接园长啦。我离开花园，回到书房里。

那些年

董静简介：爱好文学，经营家庭，喜读书、看自然、品人生。文章多以亲情、生活、怀旧为主，点点滴滴，如实记录，充满了生活的气息。

城 市 农 夫

“清明前后，种瓜点豆”，这时的气温逐渐升高，正是春播春种的大好时节。沉寂荒凉了一个冬天的大平台“听雨花园”，在春阳照临、春雨飞洒的滋润下又将春暖花开，绿色满园。

一年之计在于春。我们早早地就把花盆里的土翻新，施上精心准备的无味的有机农家蚯蚓肥，在乡村的集镇上买到了需要的菜秧种子。4 月清明，春回大地，播种的季节一到，我们就开始忙碌起来。常言道：“清明断雪，谷雨断霜”。清明前后，仍然时有冷空气入侵，即“倒春寒”，这时我们会在每个花盆上罩上塑料套子，就像农村的塑料大棚一样既防寒又保暖，确保种子发芽的成活率。现在，我们种的无架豆、梅豆、黄瓜、土豆等都已发芽，辣椒秧也栽种成活了，花园里的花草果树也开始吐绿了，到处呈现一片生机勃勃的景象。

我家的花园最早是名副其实的，里面种满了各种花卉，少说也有百余盆，到了春夏，真是百花齐放，美不胜收。因为花都是种在花盆里的，土壤少，夏天经过一天暴晒，晚上每盆花都蔫蔫的，盆和土早已分家，所以每天给花浇水是一项繁重的任务。我对养花一直兴趣不大，而对种菜却情有独钟，于是在我的主导下，我家的花园慢慢开始淘汰一些花草，增加种植蔬菜如辣椒、黄瓜、韭菜、山芋、土豆、马齿苋、大葱、蒜苗、莴苣、苦菊、眉豆、无架豆、无架南瓜等等，看到硕果累累，喜悦之情溢于言表。每当我把收获的绿色蔬菜送给亲朋好友，大家都特别高兴。记得有一次我剪了一把韭菜和一袋辣椒送给朋友，她非常珍惜这无污染的蔬菜，说带回家要单独炒给儿子吃，老公沾都不让他沾。

有报道称，现在市场出售的一根豆角，要打近十次农药才能长大，小青菜为了防虫也要多次打药，生姜为了饱满卖个好价钱更是要用药水浸泡——可想而知，现在蔬菜的污染危害有多大。为了自己的健康，也为一种时尚绿色的生活方式，我们当起了城市农夫。自己种的环保蔬菜，那真是吃着放心看着爽心，做菜时葱蒜随手采摘只需用水冲洗即可。尝到了自己种菜的甜头，我们不断地扩大种植规模，去年尝试种的生姜、圣女果（小西红柿）、豌豆种植成功。山芋收获了四十多斤，最大的一个有3.9斤重，陆陆续续地吃了很长时间。市场上销售的一般蔬菜，我家基本上都种植过，家里人口少，每个品种种上几棵，基本上可以自给自足。

自己种菜，做城市农夫，是一种乐趣，更是一种心情，不仅可以吃上无公害蔬菜，锻炼了身体，欣赏着翠枝绿叶和累累硕果，还陶冶了情操，净化了空气，美化了环境。平台花园里，落在山楂树上、枇杷上的小鸟叽叽喳喳地叫个不停，我们散养的十几只野生小乌龟，在雨声“啪啪”、绿色覆盖的花园里尽情地沐浴玩耍，它们还在雨后的菜盆边捕捉蜗牛、蚯蚓和小昆虫，美美地饱餐一顿。我家的菜园兼花园、果园，真是一派意韵悠远的田园风光。

春来大蒜香

春回大地，万物复苏。冬眠的动植物醒了，细菌也活跃起来了，大蒜是不可多得的抗菌菜，天然的抗生素，春时多吃蒜，杀菌防流感。

大蒜种植是我们家菜园的保留品种，每年的秋末，我们都要利用自家闲置的盆盆罐罐种养蒜苗。水养蒜苗，不需要土壤，用针线将其紧紧地串在一起固定，长出的蒜叶绿意可人，貌似水仙花，可观、可食，隔三岔五地剪下新鲜叶子，生食、配菜或提味，循环往复。土壤里插蒜不能太稠，中间要间隔一定的空隙，为了充分利用有限的资源，我们在种蒜的土壤中撒上可以越冬的青菜或香菜种子，套种其中，它们互不干扰，各自生长，成长中的蒜菜相间、错落有致，远远望去犹如造型各异的盆景，别具一格。

到了春天，这时的蒜苗经过冬季冰雪的洗礼，再加上一场场绵绵春雨的滋润，日新月异，翠绿无比。我发现家里种植的蒜苗根部都是红皮的，辣味浓，不知是否因为没有使用无机肥还是品种的原因？但我知道菜市场的红皮蒜苗好卖，有经验的人会专挑红皮蒜苗

大蒜和香菜

买,说红皮蒜是自然生长的,品质好。自家的蒜苗绿色无污染,我喜欢分割蒜苗吃:蒜白生吃,口感脆嫩,原汁原味,维生素 C 含量高,杀菌抑菌效果最佳;蒜叶炒鸡蛋,绿黄分明,美味又美观。我们种植的蒜苗一般只能吃到春季,还没等到长出蒜薹和蒜头就被我们全部消灭了。

蒜薹以它那独特的口味备受我们的欢迎,我喜欢腌制蒜薹,平日里作为下饭小菜,五花肉炒蒜薹也是一道我们百吃不厌的家常菜。蒜头上市时,我每年都会买些鲜嫩的大蒜腌制一坛糖醋蒜。我腌制的糖醋蒜味道好,久存不坏,不少朋友吃过都赞不绝口,他们向我讨教腌蒜的秘方,然后自己腌制,真不是自吹自擂,品尝后口味远不及我的水平。腌制腊八蒜和腊八菜也是我的拿手活，腊八蒜腌制后颜色是绿色的，蒜香可口，青翠宜人；腊八菜是将切片蒜瓣和胡萝卜丝、醋、盐拌匀装瓶，它是春节期间最好的开胃、解酒菜。

《黄帝内经》告诉我们，自然界中万物相生相克，繁衍相生都有着一定的规律。研究发现大蒜比红霉素和环丙沙星这两种常用抗生素的杀菌效果更彻底，见效更快，还没有副作用；《本草纲目》也记载，蒜苗具有祛寒、散肿痛、杀毒气、健脾胃、健脑益智、抗衰老等功能；科学家给大蒜的另一个外号是“血管清道夫”。由此可见大蒜的功效非同一般。

种植大蒜，经济又实惠，大蒜生长的每个时段都可以独立销售。蒜头、蒜苗、蒜薹都是人们餐桌上离不开的常用蔬菜或调味品。插栽大蒜简便易行，不需要成片的场地，家庭中的一个花盆或一个盘子里放点土或水都可以种几瓣蒜。

有研究显示，大蒜的营养价值甚至超过了人参，补人参不如吃大蒜。大蒜是烹调美味佳肴过程中的调味品，也是上好的营养品，更是极佳的绿色天然药品。每天吃几瓣蒜，不但杀菌解毒，还能延年益寿，提高自己的生活质量。我们喜食大蒜，蒜泥拌鸡蛋是我家餐桌上的经典菜，大蒜在我们家的地位绝对是 VIP。平日里，我们外出也会带上几头蒜，预防感冒和肠道不适，效果佳，屡试不爽。

秋来红芋香

红芋是淮北人的叫法，各地的叫法不同：山芋、地瓜、白薯、红薯和紫薯等等。

记不清是哪一年，红芋在我们家楼上的花园里安家落户的。好像是先生出差在皖北的颍上县黄桥镇买的红芋秧，红芋秧因为在路上放置了一天，看起来蔫蔫的，没有生气，我忙找来花盆，栽上它们，浇上水，一晚上都在担心它们能否成活。

第二天一大早，我跑到园子里查看，发现昨晚种植的红芋秧竟都精神饱满地站立起来了，真赞叹它们顽强的生命力。很快，红芋秧发出了新的叶子，绿意盎然地生长着。而散养在园子里的四只大乌龟，最喜欢在叶下逍遥避暑了。大乌龟们还喜欢在红芋秧下狩猎，它们长时间静静地埋伏在叶子下，如果有蚯蚓或蜗牛爬出来，立刻就会成为它们的美食。

红芋秧越长越旺，花盆的空间已无法容纳它们。这时我便掐下翠绿的芽头，配上自家种植的葱、姜和辣椒，用大火爆炒，出锅前再放点蒜末，一盘绿色的蔬菜便端上了餐桌。看着养眼，闻着清香，品其味道，赛过夏季我们常吃的木耳菜和空心菜。昨日去朋友家玩，顺手掐一袋红芋叶芽带上，中午下厨露了一手，她家小朋友都连说好吃。

以前看过一篇报道，说红芋叶为十大最佳蔬菜之首，因其营养价值高，被封为“蔬菜皇后”和“长寿食品”。红芋叶的吃法很多，焯水凉拌、清炒、做汤均可。上次在浙江桐庐，服务员端上一盘素炒剥皮嫩红芋秆，清翠爽口，很受大家的欢迎，回来我用自家的原材料炮制了一盘小炒，先生竟也赞不绝口。

到了秋天，红芋的果实开始膨胀长大。前几日，我迫不及待地扒开盆里的土，不伤及秧根，挖出一个大些的红芋，放在电饭煲里蒸着吃，甜甜的，先吃为快。挖过红芋的秧子再重新培上土壤，集中营养供养根上的其他小红芋，秋深时还能再收一次，真可谓一举两得。

红芋是老少皆宜的食物，它生食、蒸、煮、煨、烤、做粥、醋熘红芋丝，都很好吃。红芋还可切片晒干，磨成面粉。小时候我居住的县城，供应粮食的计划里，大部分都是红芋面，白面只占一小部分。那时我最拿手的，是捏红芋面窝窝头，刚出锅的窝窝头软软的、甜丝丝的，红芋窝窝头就辣椒，越吃越添膘，很能勾起我们的食欲。20 世纪 80 年代初，我和先生有一次散步到郊外，坐在田里的红芋垄上子上，顺势还偷挖了两个红芋，回家做了一次夜宵，那种美妙的食乐叫人终生难忘。

常食红芋可润肠通便，使皮肤白嫩细腻。除食用外，民间还用红芋煎水内服，治胃痛、痢疾和慢性肾炎，或用鲜红芋切片频擦或捣泥外敷，治疗鸡眼、无名肿毒、虫咬蜂蜇，据说都有一定功效。

每年清明过后，我们就开始准备购买秧苗了。采购秧苗挺不容易，要算准周边小镇逢集的日子，去早几天买不到，去迟几天又卖完了。今年春天先生在皖豫交界史河边的一个小镇上，见到农民在卖红芋母子，便买了一棵回来，把它埋在花盆里。为了让它快速发芽，我们给它罩上浴帽，放在封闭的阳台里，这样可以起到保暖、保湿的作用。等到小苗长出四五片叶子时，便可以剪下秧子移栽了，红芋母子则源源不断地为我们提供着新的秧苗，所以今年我们栽红芋秧特别省心。

多年的种植经验告诉我们，块茎植物的生长，像土豆、毛芋头和红芋等，都喜松散肥沃的沙土，为此我们特地在涡阳的河滩上取了几袋沙土带回家，红芋生长在这样的土壤里，结的果实又大又甜。去年，我家大大小小的花盆里共收获红芋 45 斤，最大的一个 3.9 斤，打破了自家种植红芋的纪录，成绩可喜可贺。

红芋不娇贵，它有土就扎根，大水淹不死，大旱干不死，极易成活。今年夏天连续的烧烤天气，其他植物均受到炎炎烈日的熏烤，叶子焦黄或干枯了，唯有园子里的红芋秧依然根壮秧绿地生长着，长势良好，丰收在望……

含苞待放的金银花

2月中旬的一天，气温依旧很低，寒气逼人，我惊喜地发现窗台花架上的一盆金银花，已经发出一些细嫩的叶芽，春天的脚步正悄悄地向我们走来。

金银花又名忍冬，顾名思义它不畏严寒，比河边的垂柳报春都早。我家种植了两盆金银花，一盆是白金银花，花开时是纯白色的；一盆是紫脉金银花，花开时白中带紫，它们在我家扎根已经十余年了。每到春天，绿色的蔓藤攀爬满窗台花架，似绿色窗帘。盛夏时节，窗外的蔓条绿廊，遮阳效果非常好，室内清凉爽适，心境怡然宁静，室外繁花点点，清香飘逸，一窗温馨。远处望去，犹如“绿墙”一般，既可阻挡室外的噪音，也可过滤大气中的污染，净化空气，天然的屏风形成了一道美丽的风景线。

金银花，单对或双对相向而生，初开白色，几天后变成黄色，白黄相映，故名金银花。它花不艳，香不腻，不张扬，温文儒雅，牵藤挂蔓，繁花密布，迎风招展，婀娜多姿，别致可人。摘下几朵充满芳香的金银花放在衣帽间里，香溢满室，衣服穿在身体像洒上了香水，淡

盛开的紫脉金银花

淡的，香飘怡人。闲暇之余，独自泡上一杯金银花茶，望着一朵朵花蕾在杯中飘逸，犹如水中芭蕾翩翩起舞，视觉上就是一种享受；轻轻地抿上一小口，细细地品味着，少许的苦涩中透着淡淡的香醇，扑鼻而来，让人陶醉其中。传说清代的慈禧太后把金银花视为养颜美容、延年益寿的宫廷珍品，每天必饮一杯。

据资料上说，金银花享有“药铺小神仙”的美名，它浑身都是宝，花蕾和藤、叶，性凉味甘，可供药用，自古被誉为清热解毒、凉血止痢的良药。李时珍的《本草纲目》称其可以“久服轻身，长年益寿”。平日里如果咽喉上火疼痛或其他的一些小毛病，放上少许泡水代茶，很快见效，不需要吃药就痊愈了。

记得2003年非典时期，金银花是非典特效药的重要成分，在抗击“非典”的战役中贡献巨大。当时它的身价可高了，卖出了金银的价格，市场上曾一度断货。那时自家收获的金银花派上大用场，我们用它泡茶、生食、煮粥、煲汤，预防在先，心里倒也踏实了许多。今年春天出现H7N9禽流感疫情，因其具有抗菌消炎、预防病毒型流感之功效，金银花又成为参考处方的主要药材。家里种植金银花，既可绿化自家的小环境，工作之余，使人精神愉悦，还可以防病治病，可谓一举多得。

白金银花

金银花每年5月中上旬才开始陆续开花，芬芳的花香招来许多蜜蜂，辛勤地采食花蜜。采摘金银花颇有讲究，根据我多年的经验，要掌握好时机，就像采摘春茶一样，早几天和晚几天都会直接影响它的品质。含苞待放的花蕾，须在晴朗的早晨，小心翼翼地轻轻摘取，尽量不要碰伤花苞，保持花形的完整，这时的金银花没有受过日晒，采收的花蕾不易开放，形状美、养分足、气味浓、颜色好、品质佳。采摘下来的花蕾，放在太阳下自然暴晒数日，再将晒干的金银花密封装好。友情提示，贮藏的金银花容易受潮、霉变，要经常查看、晾晒。

金银花适应性强，喜阳光也耐阴、耐寒、耐旱、耐湿，不娇气。掐一枝条随意压埋在土壤里便能生根发芽，称得上“平民”花卉，在庭院、篱外、墙头、路边、溪畔、石崖等地，都能看到它们的身影。去年在法国一个小镇的麦田埂上，还看到和我家一样的白色金银花，很亲切，特地采摘几朵带回来留存、纪念。

阳春四月，正值金银花生长的旺盛期，它们正在快速地成长着。我们早早地也就给它们松土、追肥，保障营养，给它们开“小灶”，精心呵护。花草通人情，看，羞答答的花蕾密集在浓郁的绿叶丛中，显得越发的娇媚，待到金银花含苞待放时，我们又将迎来丰收的喜悦。

长在花盆里的无花果树

我家的无花果树是 20 世纪 90 年代末，从淮北老家带来的。当时小树被修剪成蘑菇云形，栽在一个很大的花盆里，很漂亮的景观果树，远远望去犹如一把撑开的绿伞，树影婆娑，很优美。但因为是放在楼上平台花园里，场地有限，为了节约宝贵的楼面资源，我们打算让它向空中立体发展。于是先生买来果枝剪，重新对它进行瘦身修剪。

无花果有秋实而无春华，春天，它不争春斗艳，只默默无闻地生长着。盛夏，是无花果成熟的季节，紫红色的果实有的隐藏在绿叶丛中，有的垂挂于枝头，引来鸟儿们争相尝鲜。现在每天清晨，我到花园都能摘上几个熟透的无花果（剥果皮要从后往前，这样可以保持果肉的完整、美观），它那甜甜的果肉，略带点蜂蜜般的清香，让人总也吃不够。我经常会选些饱满充实的无花果放在冰箱里储存，还不时会送些给我 91 岁的老母亲品尝。无花果无壳、无核，营养丰富，柔软味美，是老人的首选水果。聚会时我会带上一些分给朋友，让大家分享自己的劳动成果。绿色的果实总是备受欢迎，一眨眼的工夫就被一抢而光。那天在步行街上，我看到一位老太太提着一小篮子无花果在卖，觉得十分亲切，便上前询问：一元一个，是老人自家果树收获的。劳动的果子总是甜在心里的。

以前公婆家的院子门口两侧各栽着一棵很大的无花果树，每年无花果成熟时，公婆都会打电话告诉我们，我们也会挤出时间赶回去，带着孩子亲手采摘果实，顺便陪陪二老。无花果树种在门口的花池里，差不多有三米高，它们总是枝繁叶茂，挂满了果子。路人会被那诱人的果实所吸引，他们会停下脚步，摘几个尝鲜或带回家给小孩子吃。暑假里孩子们更是天天围着果树转，它那宽大的叶片遮阳避热，挡住了炎炎烈日，树下成为孩子们的乐园。二老也从不会驱赶他们，告诉他们随便吃，只是别糟蹋了果实。树壮果多，无花果每天都会有一批果实由青转红，成熟变软。每次我们离开时，公公都会用一个大纸箱打包，装上满满一箱子无花果让我们带回合肥，放在冰箱里冷藏，可以吃很长时间。

我们发现一个奇怪的现象，种在花盆里的任何果树，如果移动了它的位置，都会影响它第二年的收成。无花果树喜欢阳光充足的环境，记得有一年，我们把无花果树搬到认为最有利于它生长的地方，没想到的是，连续两年它都没有挂果。当时不知什么原因，经过多年的种植经验，现在猜想，可能是它的生长环境突然改变，破坏了周边生存的磁场，它需要慢慢地适应环境，就像人到一个新的地方，有点水土不服一样。想想当年我家的柿子树、梨树，都是因为变换了位置次年不结果实，被缺少耐心的先生拔掉，很可惜。这棵无花果树，对全家有特殊的意义，它存留着我们浓浓的思乡情结，舍不得，才得以幸存下来。

无花果树是一种隐花植物，也开花，花呈淡黄色，因包在果实内，不易被发现。它可鲜食，也可做菜、煲粥、煲汤，同时它还具有药用及保健和美容的作用。资料上说，它具有开胃、止泻痢、驱虫、消炎、消肿之功效，对人体健康大有裨益，又被称为“抗癌第一果”，是水果中的珍品；它富含易为人体吸收的维生素 C，有多种消化酶，能帮助消化，是一种很好的保健果品；睡前在眼下部皮肤上贴无花果，还有减轻下眼袋的美容效果。

无花果

无花果树病虫害少，好栽培。今年春天女友托我培植一棵无花果树苗，说真的，我们都没有这方面的经验，能否培植成功还是个未知数，心里没底。我从树上精挑了一枝品相好的小树枝，把它插在土里，它竟然很快就长出新的叶子，生根发芽了，令人惊喜！如今的它已经出落成小树的模样了，明年春天就可以把它“嫁”过去啦。

庭院里的花椒树

我家花园里种满了花果蔬菜，盛夏时节，满园的葱郁和芬芳的花香，让人神清气爽，流连忘返。花椒树栽在园子一角的花盆里，它既没有枇杷树、枣树甜美的果实，也没有白兰花优雅的清香，它是那么不起眼。

十年前，我从老家带回了它，一棵小小的花椒树苗。因为它通体是刺，一般我都是避而远之，冷落它多年，也记不得它是哪一年开花结果的。近两年花椒树快速地展叶生枝，蓬勃生长，引起了我们的关注。为了通风透光，有利于它更好地成长，我们把它摆放在很高的架子上，如今的花椒树已长成两米多高的小树了。万物都有灵性，你呵护它，它就会奉献更多的果实回报你，这两年花椒的收成一年比一年好。看，现在的它，叶茂枝繁，缀满了果实，我想拍张全景留念，树太高了，找不到一个安全的立足点，无奈只好在树下仰拍。

花椒树的果实，春、夏是青色的，到了秋天，花椒由青变黄，再由黄变红，那青青的叶、红红的果，煞是喜人。每当花椒成熟时，浓郁的麻香味溢满园子，这时候最适宜采收了，过早采收香气不足，影响品质，过迟则果实易炸开脱落。采摘时要格外注意花椒树枝条上的棘刺，不小心会扎到手和胳膊的。我戴上手套，站在高高的凳子上，小心翼翼地剪下一串串花椒放入篮中，顺便再对花椒树进行修剪。花椒树喜阳光，这时修剪偏枝，使其向空中发展，同时也减少枝条对养分的无效消耗，让它好好地休养生息，为来年的丰收奠定基础。剪下的花椒和叶子分别晒干储存，可供家人一年的食用。自家收获的花椒，是绿色有机食品，吃着安全放心。据报道，现在市场上出现了含有致癌物的“毒花椒”，商贩以低价收购染色花椒出售。提醒大家在购买花椒时要学会辨别真伪，最简单的方法是用餐巾纸搓，不掉色的，椒皮厚、色泽艳、天然香浓的为上品。

成熟的花椒

我是北方人，口味重，喜食气香麻辣的花椒，平日里无论是红烧菜还是炒菜，做牛、羊肉汤时，都喜欢在锅内温油中放几粒花椒，煸出香味后把花椒捞出（花椒吃到嘴里很麻，不爽），可除肉的腥膻气，留油炒菜，菜香扑鼻，使人食欲大增。初春时，摘些花椒树的嫩芽切碎炒鸡蛋，入口香麻鲜嫩，和香椿芽有的一拼，是一种难得的异香之美味，让人回味无穷。红烧鱼时放上一把晒干的花椒叶，小火慢慢煨，鱼肉的味道绝佳。花椒除做主要调味品外，在日常生活中的妙用也不少：油炸食物时，如果油热到沸点，会从锅里溢出，但如放入几粒花椒后，沸油就会立即消落；在菜橱内放置数十粒鲜花椒，蚂蚁不敢进去；家里存放的大米夏天气温高容易生虫，用纱布包上几十粒花椒放入米桶，虫就会自己跑走或死去；如果是冷热食物引起的牙痛，用一粒花椒放在患痛的牙上，痛感就会慢慢减轻直至消失；据说每晚用花椒泡水喝，还可以治疗打鼾。

花椒树耐寒、耐旱，适应性强，不求功，不张扬，产量高，收益好。民间对花椒更是赞美有加：花椒是个宝，致富离不了。农民要致富，快栽花椒树。布满尖刺的花椒树，栽植在院落、果园四周，形成天然防盗的篱笆墙，默默地看家护院，再好不过了。我家不大的园子里拥有着一棵花椒树，真好！

种 姜 记

“冬吃萝卜夏吃姜，不用医生开药方。”生姜具有食用、药用、美容及保健作用，是烧菜做汤的主要调味品之一，我们日常生活中处处都离不开它。

现在市场上卖的生姜许多是浸泡加工过的，口味不佳。去年我们自己尝试着种植了一盆，初试成功，于是今年就打算扩大种植规模。春天，我们早早地做了准备，先到乡镇的集市上挑选上好的生姜，回家用浸湿的毛巾包裹着，放在阳光可以照晒到的地方，保温培育芽苗。发芽后，把种姜切成小块，每块有一两个芽子，播种在早已准备好的花盆里。必须注意的是，在栽培时要适当进行深播，这样方便在以后的生长中，及时为生姜培土和施肥。

初生的生姜，叶子尖尖的，外形有点像春笋刚出土的样子。有趣的是，姜的芽苗长出四五片叶子时，要小心地拨开土壤，在种姜与新姜相连处轻轻折断，将种姜取出，收获种姜，也叫“扒老姜”或“偷娘姜”。新姜彻底脱离母姜后，姜株才能更好地蓬勃生长，否则就会影响新姜的产量。而扒出的种姜照样可以食用。大自然很神奇吧，犹如母亲十月怀胎,一朝分娩。

看着一天天长大的姜苗,像竹笋一样节节拔高,枝繁叶茂,心中很是欢愉。有一盆成长中的生姜居然把花盆都撑破了,露出胖乎乎的嫩姜,煞是喜人。生姜不娇贵,好打理,病虫害少,它耐阴而不耐强日照,所以最适合在阳台上种植。资料上说,生姜应在霜降前收完,以免低温受冻害而腐烂。而这时我们家的生姜却好像正处在旺长期,绿油油的,生机勃勃,叫人不忍心去采摘。于是我们决定把它们搬到全封闭的阳台内,在暖房中再继续生长一段时间。随着时间的推移,生姜的上部分的植株有点枯黄了。过了些时日,连绵不断的阴雨和低温天气陆续来临,担心生姜品质会受影响,我们决定:择日收获。

"起姜啦——"随着一声吆喝,我们开始忙碌起来。看,生姜把整个花盆都结实了,费了很大的劲才能挖出来。一大撮嫩黄嫩黄的姜块紧紧地挤在一起,就像一群形态各异、刚出生的小动物,可爱极了。两小时后,今年的收成已经看得清楚了:今年种植的三盆生姜,足足收获了十余斤,哈,够我们享用的了!种姜日当午,汗滴姜下土,生姜浑身都是宝,自家劳动的成果又别有感情:生姜叶子我们舍不得扔,剪成一段一段,晾晒起来,做红烧鱼时放上几段,不仅有浓浓的姜香味,还可以去除水腥气呢,味道当然更鲜美;姜的根须嫩嫩的,摘下来浸泡腌制,明年春天早餐当小菜,脆嘣嘣的爽口,早上吃姜,胜过参汤,营养保健,是不用说的。

《神农本草经》记载,生姜性味辛温,入肺、脾、胃经,有解表散寒、温中止呕、化痰止咳、祛痰祛寒、补气平喘的作用，经常被用来治疗风寒感冒、胃寒呕吐、寒痰咳嗽等症。生姜治百病，伤风感冒时喝生姜熬成的红糖水，很快就能康复。姜可以被用来治疗偏头痛、行动障碍和关节炎。它可使血管和肝脏少吸收胆固醇，帮助增强心脏功能，辅助治疗冠状心血管疾病等等。生姜不仅调味，更是调身调心、助人长寿的灵性之物，男子不可百日无姜，女子吃姜保安康，它的养生功效不可小觑。常言道："一年之内，秋不食姜；一日之内，夜不食姜。"生姜虽好也不可多吃，再好的东西也要科学饮食。

欣赏着满满一篮子绿色无污染的鲜姜，收获的喜悦，一晚上都洋溢在家庭中。明年春天，我们还会种植生姜，一家一品，总结经验，争创高产。

收获的生姜足足有十余斤

冲天辫与茄子秧

远足北美两月有余，牵挂多多。往年这时家中三园里种植着的应季蔬菜，自给自足，品种繁多，呈现出一派生机勃勃、硕果累累的喜人景象。此一时彼一时，今天的园子，虽是绿色满园，植物却有些荒芜。黄瓜、西红柿、瓠子、生菜，园中更是没了踪影。

时光已至7月盛夏，就拿茄子来说，今年同样种植了四棵茄苗，到目前为止，颗粒未收。查看记录，去年这时几乎每天都可以收获一个或几个茄子。是秧苗的问题？送给大姐和三姐家的同一批次茄苗都早有收成。探其究竟，应该是种在枇杷树下的茄苗被茂密的枇杷叶子遮挡，光照不足，植物不能有效地进行光合作用吧？所以眼前的茄秧个个都长成了瘦长的傻大个，足足有一米多高，光开花不结果。

我4月初离家时，当时集市上还没有任何秧苗出售，现在园中的一切都是先生百忙中采购栽培的，事务繁忙的他受我委托照料三园，也算是尽力了。回来接管园子后，看到茄子的现状，决定把中间两棵一点也接收不到阳光雨露的茄秧进行移栽，看今年的后期还能否有些收成。机不可失，可如今园中哪里还有茄子的容身之地？到处爬满了红芋秧，红芋秧是最适合懒人栽培的植物，它旱涝都不怕，不需要花费过多的精力打理它们。我灵机一动，找来几根棍子，我的地盘我做主，把红芋秧从地上一一扶起，编在一起，扎成一个个冲天辫，让它们向空中发展，这样可以腾出不少地方。我想这样可能更有利于红芋秧通风、通气，促进它们生长。

茄秧又高又大，能不能移栽成活还是未知数。多年种植经验告诉我，移栽秧苗，选择一个适宜的天气最为重要。天气预报说近日有雨水来袭，择一良辰吉日，傍晚时分，抓紧栽培。夜里雨水如期而至，心中的那份喜悦、成就感油然而生。接下来又连续下了两场不大不小的雨，巩固了新移栽的茄秧扎根土壤。

红芋叶扎成冲天辫

茄秧经过几场雨水的浇灌，再加上通风、通光，已经返青成活。这不，我去老家参加外甥女的婚礼就几日，回来发现移栽的茄秧已经结了三个如鸡蛋般大小的茄子，移栽成功，出乎意料，很快可以吃上自家的绿色茄子了。今年结的茄子怎么是白色的？白茄子还是第一次栽种，好像紫茄子营养价值更高，且不管它是什么颜色，结果就好。我爱吃茄子，蒜茸茄子、鱼香茄子、茄子烧肉、茄子烧鸡，与茄子有关的所有菜肴我都偏爱有加，尤其喜欢吃妈妈用淮北老家的大圆茄子做的茄盒子。大姐知道我好这口，这次回去特地给我带了些家乡的圆茄子。茄子不光是物美价廉的佳蔬，中医认为，它还有散血瘀、消肿止疼止血、治疗寒热和祛风通络、降低血脂和胆固醇的功效。民间传说多食茄子可防衰老，祛除老年斑，还能预防癌症呢。

本来计划今年春天回老家购买茄苗栽培的，错过了季节。明年吧，明年一定让家乡的茄苗生长在我家的小小自留地里，结出一个个大而圆的肥茄子，实现北茄南种。

晒晒一年的收成

时光如梭,转眼已近岁末。自封“城市农夫”的我,一年来精心打理着小小“自留地”,年终盘点一下,收获颇丰。晒晒一年的收成,和大家一起分享丰收的喜悦。

辣椒 13 斤,梅豆和豆角 46 斤,瓠子 9 个,茄子 78 个,黄瓜 19 条,西红柿 31 个,小香瓜 4 个,大枣 3 斤,山楂 2.5 斤,红芋 8.5 斤,毛芋头 6 斤,花椒 2 斤,无花果 71 个,枇杷百余个,生姜尚未收获,莴笋、生菜、小白菜、香菜、黄心乌、黑心乌、洋葱、青萝卜、白萝卜、大葱、蒜苗等等,随吃随取。怎么样?品种众多,收成不错吧!

“自留地”其实是自家楼上的平台,因为位居 7 楼,地势高,光线好,阳光照射充足,所以很适宜莳花种菜。早期我们种植的都是些花花草草,称之为“花园”。每次下乡,看到农户门前,一块块不大的土地上,种植的瓜果蔬菜,水灵灵的,很诱人。受其影响,慢慢地我们也陆续淘汰了一些花草,腾出花盆,尝试着撒点菜种,春天在周边的集镇上买几棵秧苗栽上,如辣椒、西红柿、黄瓜等。很快,菜苗破土而出,辣椒们也开花结果了,真是让人喜上眉梢。小青菜一天天地长大,烧汤时,随意剪下几片翠绿的叶子,用水稍微冲洗下锅,烧出来的汤入口鲜嫩,色香味俱佳,维生素含量又高,一个字:爽!

尝到了甜头,花园里的花花草草逐渐被新鲜时令的菜们所取代,现在园子里的蔬菜已经占据了半壁江山。今年我们扩大了种植规模,在平台中间,用花盆围成一个长方形,倒入土壤,形成了一个真正的小菜园。同时增加了蔬菜品种,第一次栽种了4棵茄子、3棵瓠子、2棵香瓜,初试成功,收获喜人。

2015.10.11 秋忙中

自家种植的茄子鲜嫩,我舍不得炒着吃,每次清蒸两个,拌上蒜泥,浇点麻油,原汁原味,入口即化,味道鲜美,不损失营养。有趣的是,合肥这边的茄子和我们老家的茄子形状完全不同,合肥的茄子是长条形,个头小,而淮北的茄子个个都是大而圆,半斤八两一个,比比皆是。以前在老家生活时,我最喜欢切滚刀茄子块红烧,茄肉厚,口感好。明年春天我们打算回家乡买几棵茄秧苗来合肥种，不知它们会不会水土不服，就像古语“橘生淮南为橘，橘生淮北为枳”描述的那样。

瓠子和其他的蔬菜倒没有什么差异，令我们惊喜的是，自己种植的瓠子一个竟然有两斤多重，小小的秧苗实在承受不了它的重量，便给它们搭上架子支撑着，同时怕营养跟不上，只好忍痛割爱，对较多的花朵、果实进行疏花、疏果。盛夏时，我喜欢用瓠子做汤，每天做一锅家乡的瓠子面筋汤，可放点虾仁或肉丝等，出锅时泼上两个土鸡蛋，撒点黑胡椒和香菜，绿黄相间，最后再浇点自己调制的佐料，营养丰富，养胃又养颜，炎炎夏日喝上一碗，内容实在又爽口，深受家人的喜爱，一扫酷夏带来的胃口不适。

红芋是我们每年的首选种植品种之一。春天插上几棵红芋秧，隔三岔五地掐点碧绿的叶子清炒一盘，鲜嫩清爽。散养在园子里的野生乌龟们最喜欢埋伏在茂密的叶子下避暑、狩猎，蚯蚓和蜗牛则成为它们捕猎的美食。每年乌龟产蛋繁殖也是选择在红芋的周围，可能是隐蔽性好，乌龟们感觉安全吧。

葱、蒜、姜、香菜、小青菜，这些常用菜，园子里常年种植，想吃自取，方便快捷，省心又放心。小小的菜园，源源不断地为我们提供着新鲜的绿色果蔬，自给自足，既丰富了家人的菜篮子，更陶冶了性情，增长了知识。我经常在网上晒晒当天的收成，引来朋友们的惊叹和赞美。旺季，我会送些蔬菜给亲朋、邻里，因为口感好，不时地诱惑着大家的胃口。有时他们也会不请自来，自己跑到园子里摘一个刚刚成熟的无花果，香醇甜美，吃一个红透的沙瓤西红柿，再摘一个挂着黄花的鲜嫩黄瓜，清脆爽口。记得最多的一次，豆角和梅豆收获了6斤多，一时吃不掉，我就晒干存放，寒冬腊月时补给蔬菜短缺，配上五花肉慢慢地炖，香气扑鼻，温馨满屋。

日前，室外虽然寒气袭人，而窗外花架上的梅豆秧，依然开着朵朵紫红色的花儿，弯弯的梅豆挂在秧上。虽说“霜打的茄子——蔫了”，可我家园子里的茄子、辣椒一直过了“大雪”节气还结个不停，只是个头小了许多。一盆生姜待收，把它搬到封闭的阳台里，让它在温暖的环境中继续生长些时日。

7个黄澄澄的柚子，高高地挂在树上，犹如小小灯笼，惹人喜爱。入秋时种植的萝卜，已经开吃了，现在每天都可拔几个萝卜，削皮后充当水果生食，甜丝丝的。萝卜具有清热解毒、健胃消食、顺气利便、生津止渴之功效。多食萝卜，化痰止咳润肺，可以减轻雾霾对身体的伤害。

我家的“听雨三园”即花园、果园和菜园，因地势高，下雨时，雨点拍打在花棚上噼噼啪啪作响而得名。“城市庭院经济协会会长”，虽为朋友玩笑所言，我却很受用这个称呼，庭院种植也带动了身边的一些朋友纷纷加入。真心希望大家力所能及地多植一片绿，净化空气，共同为治理城市日益严重的大气污染，尽一份绵薄之力；同时也方便自家享用天然生长、自然成熟、口感正宗、四季不断的绿色食品。让我们不出家门就可领略到浓浓的田园风光，真是受益多多，实惠多多。

有一种爱，叫放手

小暑过后，合肥的气温一天比一天高，骄阳似火。我待在空调房间里，舒适得不愿走出半步。清晨，我听到了久违的鸟鸣声，是斑鸠。它的鸣唱虽然单调低沉，但极具穿透力。

多年前，我家窗外的花架上住着一对斑鸠“夫妇”，它们尖尖的嘴，淡褐色的羽毛，颈部一圈蓝灰色的黑羽，犹如戴上一条漂亮的项链，形态美丽，惹人喜爱。夫妇俩每天早出晚归，就像忙碌着的人们，辛勤地打理自己的小日子。人、鸟同在一个屋檐下，和谐地相处，对生活在都市的我们是一大幸事。

“早起的鸟儿有虫吃”，勤劳的斑鸠，咕咕的鸣叫声每天早早地叫醒我们。起床后，大家先是跑到窗前跟它们打招呼，然后带着愉快的心情，开始一天的新生活。从那时起，我们一家人养成了早起的习惯，生物钟一直延续到现在都不曾改变。我发现，斑鸠每年自然繁殖两窝，每次都是一双儿女，从下蛋到孵出子女，差不多要一个月的时间。这期间的雌斑鸠一刻也不会离开爱巢，炎炎夏日趴在窝里一动不动地孕育着新的生命，像母亲十月怀胎，很辛苦；雄斑鸠则不时地飞来飞去传递着食物，精心地呵护着自己的伴侣，很感人。我们也时刻关注着它们，每天在鸟巢旁放些水和食物供雌斑鸠饮用。突然有一天，我们发现雌斑鸠的翅膀下有两双宝石般的小眼睛——小斑鸠出生啦。两只斑鸠，小小的模样很可爱，让人怜惜。它们的父母为了小家伙们更加忙个不歇，叼来食物口对口地喂食着。斑鸠父母对子女的爱，和我们家长养育孩子真的有几分相似。

小斑鸠长到二十天左右，羽翼逐渐变得丰满了。一日，发现小斑鸠饿得唧唧叫，我心疼得不知所措。这时先生告诉我和女儿，说这就是鸟类培育下一代的方式，当它们认为小鸟有能力单独生活了，就会“狠心”地丢下幼鸟，不闻不问，逼着幼鸟飞出去独立生存。小斑鸠好像明白了父母的良苦用心，于是它们止语，养精蓄锐，不停地扑扇着翅膀练习飞翔，却总也飞不出去，看着让人揪心。一次，两次，经过N次努力，两只小斑鸠终于起飞成功，展翅飞翔。

女儿在鸟巢旁观察了许久，感悟很多。从那以后，我发现她变了，变得懂事了许多，不再任性，做事主动，学习也更加刻苦了。真是言传不如“身教”，现在的女儿也像小鸟一样，越飞越远。在美国哈佛大学任教的她，利用暑假带领她的学生们在北京语言大学学习汉语和中国文化。前几日，他们一行来安徽黄山，做为期一周的徽州社会调查。由于日程安排得很紧，女儿虽路过合肥，却没有时间回家，我们只能匆匆地见上一面，心中有许多留恋和不舍……如今的女儿，做事干练、井井有条，处事也很周到细致，我和先生由衷地感叹，孩子真的长大了，成熟了，我们从内心里为她高兴。

和闺蜜聊天时，我经常感慨地说，现在的孩子都是独生子女，都是家中的娇宝宝，娇生惯养是每个孩子在家享有的“特权”。但该给孩子“断奶”时，我们做父母的就要像鸟儿一样果断。虽然看起来有些残酷无情，父母的心中也会有些淡淡的感伤和失落，可让孩子自由自在地在广阔天地里独立发展，才能使其大有作为。正如一句歌词所言：有一种爱，叫放手。为爱放弃朝夕相处，会很痛，放手让其飞翔，那才是真正的爱。

腌菜季

每年的这个时候，自己动手腌制一坛子小菜的冲动，总是让我欲罢不能。其实现在吃咸小菜的机会并不多，生活越来越好，菜篮子丰富了，人们注重科学养生，腌制品吃多了对身体有害的道理，尽人皆知。

可我偏偏喜欢腌制小菜时的那种感觉，糖醋蒜、雪里蕻、萝卜干、酸白菜都是我最拿手的。20 世纪 80 年代末，定居合肥后，跟着当地人又学会了腌鱼、肉、鸡、鸭和灌香肠等。立冬节气一到，我就开始忙活起来了。那时灌香肠的人特别多，要很早就去排队等候，清晨站在寒风嗖嗖的店面外，一等就是几个小时，从不觉得苦，香肠提回家后，再一一挂起晾晒。如今这些已成过去式，现在每年我只保留春季腌蒜，冬季腌雪里蕻的传统习惯。每当看着眼前费尽辛苦扛回家的雪里蕻，心里就踏实、安宁了许多。摘、洗、晾、揉搓、腌制、入坛，最后放上压菜石，仔仔细细，很享受这个过程。一般这时，年也越发近了，回家过年的念头也越来越浓了，想起了老家年迈的母亲，想起了远在美国的孩子们，想到了即将团聚的亲人们，心中充满了期盼。

腌菜和做任何事情一样，需要感情的投入，投入感情的多寡，制作出来的小菜的味道可是大不相同的。我做的小菜好吃，鲜、脆、香，放多久都不会霉变，无论是凉拌还是小炒，特有的清香，远远就可以闻到。由于家里人口少，自己吃得不多，所以大都送给了亲朋好友。因为口味好，很受大家的欢迎，每年入了秋，朋友们就开始预约，一入冬，我就在菜市和街道上到处寻找雪里蕻的踪影，真是望眼欲穿。现在市场上卖雪里蕻的越来越少了，记得去年，快到隆冬了，雪里蕻一直还没着落，一天中午外出赴宴的路上，突然看到对面车道旁三轮车上在卖雪里蕻，就像遇见了亲人一般，立刻调转车头买了一捆放进后备箱，后被朋友发现，还遭取笑一番。

今年更是如此，总也买不到雪里蕻，心里空落落的。12 月 7 号，全省各地被大雾笼罩着，可谓“十面霾伏”，我们因为要赶往外地，高速封闭，不得不走省道艰难前行，当时的能见度不足十米，一路都打着双闪灯。朦胧雾霾中，依稀看到路边乡村集市上有雪里蕻售卖，心中大喜，忙下车买了一捆，16 斤，2 毛钱一斤，是农民新收割下来的，既新鲜又便宜，真是太爽了，心情顿时大好，一扫雾霾造成出行不便带来的郁闷。

腌制的小菜，大约三十天左右才可以食用，这时的亚硝酸盐含量最低，对人体伤害最少。冬季，谁家阳台上，若是挂满了香肠、鱼、鸡、鸭等，我会觉得这家人的日子过得很殷实、温暖，猜想这家一定有一个手巧、能干的女主人。不过，现在这种观念早已时过境迁，随着生活、工作节奏的加快，一日三餐大多以快餐方式解决，更不用说自制腌菜了。

腌菜应该算是我们的一种传统饮食文化，不管它的利与弊，我会一如既往地每年腌制一些小菜，自己吃或送给周边的亲朋，让大家和我一起分享。早晚喝粥时配上小菜一碟，开胃又下饭；小菜晒干后，梅干菜可配一切荤菜红烧，味美又营养，据说它还是享誉海内外的土菜呢。

胡椒鳝丝汤

胡椒鳝丝汤，是我厨艺中最得意、最拿手，也是最受家人喜爱的一道羹汤。只是此汤的制作过程较为复杂，平日又懒得做，所以每年总也喝不上几次，每每提起，总是让我们垂涎三尺，欲罢不能。

昨晚朋友聚会时，谈到了黄鳝的话题，一位在科委工作的朋友很专业地给我们普及了有关黄鳝的知识。他告诉我们，黄鳝是雌雄同体，幼时为雌，体形长大后，转变为雄性。宰杀黄鳝的血滴在白纸上收集起来，如果身体哪儿不小心跌破流血了，用一块沾有鳝血的纸，贴在伤口上，就会立即止血，这可能算是最原始的创可贴吧，很神奇。我也是不失时机地把自己拿手的鳝丝汤绘声绘色地推荐给大家，有两位先生对此很感兴趣，他们详细地咨询了做汤的步骤。我猜想，他们在家肯定是厨艺高手、美食家。

首先，要挑选新鲜欢跳、上品野生、秤杆大的黄鳝，这样的黄鳝肉嫩味鲜，是最佳原材料。黄鳝放在清水中养两天，吐尽腥气，洗净后放入冷水锅里，盖紧锅盖，避免黄鳝受热窜出锅外。煮约5分钟黄鳝变软，用漏勺捞出放入盆中的冷水里，右手拿着黄鳝的头，左手从黄鳝头部开始沿脊椎骨往下一点点把肉捋下来，再把鳝血取出留做汤用。捋下来的鳝肉用手撕成细细的丝条放入汤锅内，汤水烧开即可，不需要久炖，出锅前放入事先准备好的红苋菜（记住：鳝丝和苋菜都不要用刀切，切后味道是很不一样的），搅拌两个土鸡蛋液均匀地泼在汤里，撒入盐、黑胡椒粉和切碎的香菜，一锅色香味俱全的胡椒鳝丝汤就做好了。最后根据自己的口味用醋、蒜末、麻油等调一碗料汁，喝汤时舀上一汤匙料汁浇在汤里。友情提示：最好是趁热喝汤，凉了会有腥味。热辣辣的鳝丝汤喝到肚里全身舒畅，实在是一种大享乐。

其实这道汤不是我的原创，是我跟婆婆学的。婆婆说先生小时候顽皮得很，天天跑得不沾家，他最喜欢在河边用自己制作的卡子钓黄鳝了，那时沟、河、塘里的水没有污染，水产品多，每次都能钓到很多黄鳝回家。我们结婚后，先生还是不改这一喜好，每到星期天就骑着自行车，带着头天晚上自己做好的钓具，找地方去钓黄鳝，晚上带着一大袋黄鳝回来，我自然就拜婆婆为师，也学会了做这道汤的秘诀。我觉得自己做的胡椒鳝丝汤，应该不亚于婆婆的水平，看每次家里的大小爷俩埋头喝汤的劲头，足以说明。

黄鳝不但味道鲜美，民间还有“小暑黄鳝赛人参”的说法，可见它的营养价值极高。虽然黄鳝加工成美味菜肴的做法有多种，但我却固执地认为，自己做的鳝丝汤，不需要烹炸煎炒，原汁原味，最有营养。

差不多有两年的时间，我都没有做过胡椒鳝丝汤了。一是现在的黄鳝多是饲料喂养的，口味差，又常听说黄鳝是喂避孕药长大的，不管真假总是担心食用的安全；二是孩子在外地，我们两个大人吃饭随便，做饭也没有以前那么用心讲究了。我想好了，等女儿他们回家时，我们要亲自到农村去，挑选上好的野生黄鳝，投入感情再做一锅汤给家人喝，只是不知还能否找到从前那道胡椒鳝丝汤的味道了！

时间在流逝

一年一度的高考即将来临。每年的这个时候，我都有写篇有关高考文章的冲动，想和考生家长聊聊自己当年的感受。每当回忆起十年前女儿高考前后那段难忘的日子，和女儿一起走过的酸甜苦辣依然历历在目……

“可怜天下父母心”。记得我们在孩子刚走进高三时就备战了，开始了高考倒计时，尤其在二模以后。每天看着孩子起早贪黑地学习，做父母的只能看在眼里，疼在心间，想帮忙却一点都帮不上，只有默默地做好孩子的后勤工作，推掉一切可以推掉的应酬，关注着每天的阴晴冷暖，及时地给孩子增减衣服，按照菜谱搭配营养，安排好一日三餐，打探有关高考的各种信息等等。尽量在家陪着孩子，好让她无后顾之忧地安心复习。

临近高考，这时的孩子学习紧张，小脾气也大了许多，我们做家长的要多理解，要有耐心，帮助孩子释放一下内心的压力。俗语说：农民种庄稼收获一季子，孩子的高考则收获一辈子甚至几辈子。我这不是危言耸听，也不是给孩子增加更大的压力，而是要我们家长充分地重视它，这时不要给孩子添乱子。我的心得是：在学习上不要干涉太多，让孩子按照老师和自己的计划有条不紊地复习，但家长要察言观色，孩子情绪若有大的波动，及时和孩子聊天沟通，不要让不良的情绪影响到学习。

前几天我在报上看到一期情感实录：一个高三的孩子一直在纠结，快毕业了是否该向他暗恋的女孩表白，他说他怕一转身就是一世。主持人充当了心理老师，面对孩子懵懂的情感，推心置腹地和他交流、沟通，让他在这高考关键的时候不能辜负自己十二年的寒窗苦，机不可失，失不再来，终于使他放下一切，发誓要奋斗这最后的几十天。说实话，我被感动了，作为一个母亲，我感谢这位编辑老师的大爱。孩子其实都挺懂事的，只需点拨一下就明白道理了。每个孩子在这特殊的时候都有着不同的心理波动或压力，做家长的要和孩子齐心协力放下所有的包袱，以轻松的心境去迎接高考，只要我们努力了、尽力了，不管结果如何，也无怨无悔，将来不要让我们有一丝遗憾。

光阴似箭，闻鸡起舞，备战高考，是现今高考学子们的当务之急。还有几十天就要高考了，我祈祝所有参加高考的孩子都能金榜题名，祝天下的父母都能心想事成。

去浮得静

性格开朗的我，热情好动。我的闺名叫红利，红字虽是辈分，但很适合我，红彤彤，火辣辣的；利从字面上解释是：利落、顺利、与愿望相符合、吉利、成功、一本万利。我一直认为一个人的名字会潜在地影响自己的一生。

结婚后，先生希望我改名为：董静。他曾开玩笑说，两个字的名字发电报都省钱，人家自己也把三字名改成两字名了。“静”，他可能是想让我把心静下来吧？说实话，我对改名一直耿耿于怀，那里有我儿时、童年和青春的回忆，跟随我二十多年，已经深深地烙入心底。有一次传稿子给朋友的一段对话特别有意思，我说：“本来想用我的曾用名，董红利，一激动传出去了，没有改成，那个名字是我出嫁前的。认识许辉后，他建议我改名，说这样以后发电报都省钱（省一个字），哈，现在想想要不改名字多好，红利分红所得，这样我的股票就不会赔钱啦，哈哈哈。”朋友回信：“想得真美，其实你这辈子最大的红利就是许辉了！还是‘懂’得安‘静’才幸福。董静在北海读者中刚刚有些影响，千万改不得。”

俗话说，“江山易改，本性难移”，改了名的我，说话做事依旧是风风火火。现在想想，那时孩子小，工作忙，天天团团转，打理着家里家外，没我这急性子还真不行。终于，孩子大了，像小鸟一样飞出去了，我们成了空巢家庭，两个人的生活简单多了，一下子清闲下来，心里感觉有些失落，安排好自己的生活是当务之急。

首先要让自己坐得住，家里每天十几份报纸认真学习，少看电视多看书报，心先安静下来，把以前没有时间做的事情补回来。接下来做了让我自信心大增的两件事：一是学会了开车，二是爱上了阅读和写作。我发现自己只要坐在电脑桌前，心立刻变得安静下来，不再浮躁。开始尝试用电脑记录家中三园里植物和乌龟们的生长过程，记录外出旅游的见闻和感受，常常一坐就是半天，忘记了时间，慢慢地我喜欢坐在电脑前的感觉。泡上一杯淡淡的绿茶，欣赏着一根根叶芽在水中慢慢地舒展，婀娜多姿，好美的意境，写作的欲望和灵感一下涌上脑海，一篇篇习作诞生了，自我感觉不错的文章试着投稿。记得第一篇文章在报刊上正式发表是《学车记》，写的是我学车的历程和拿到驾照时喜悦心情。当时只想把学车时的辛苦和快乐通过文字表达出来，这是我背着家人第一次偷偷投的稿（怕写得不好，发表不了），没有想到文章居然刊出了。文字变成铅字的感受非同一般，那一刻，兴奋、喜悦、开心、幸福、自信，无以言表。文章见报后得到了家人的赞赏和支持，从此一发不可收，创作兴趣浓厚，在不影响日常生活、做好家人的后勤工作的前提下，用废寝忘食来形容一点也不夸张。

慢慢地自成几个系列:城市农夫、云游四方、寻常生活、亲情儿女、怀旧记忆。我养成了记日记的习惯,出门在外我会带上小册子记下重要事件、地点、天气及周边等。回家后,把旅途的疲劳早已丢在脑后,迫不及待地打开电脑记录下所见所闻。现在更加方便了,用女儿为我买的 iphone 手机拍照,免去带相机的累赘;用手机备忘录直接记录,回家传入电脑稍加修改即成一篇文章,图文并茂,快捷省心,大大提升了旅行的内涵,让一次次旅行更加充实有趣,丰富多彩。

去浮得静,我不自觉地爱上了读书。从书中吸取精华,再活学活用到自己的写作中,开阔了思路。爱上了行走四方,开拓了眼界,让自己的思路变得更加丰满。

赴美探亲

前期

为了来美国看望女儿、女婿，准备签证资料可是下了不少的功夫。

签证需要的个人相关资料及子女相关资料总计42份文件，其中DS－160表格信息和确认单都是英文填写，这些都是孩子们代办的，我的那点英语基础早已还给了老师。我是他们到美国后第一位来探亲的亲人，孩子们很期盼我的到来，但第一次办理手续缺乏经验，再加上孩子们工作很忙，每每忙到深夜，我是既心疼又帮不上忙，真是干着急。

签证

终于搞定资料，预约3月20日下午3点到上海的美国领事馆面签。提前一天去上海，路过江苏启东，在长江入海口附近转转，春雨中的江面一眼望不到边，只有零星的船只停留在江面上，朦朦胧胧。晚上我们在浦东附近住下，这里离领事馆只有16公里，明早轻轻松松去办签证。

上午11点找到了位于南京西路1038号的梅龙镇广场，中午签证休息。我们在商场里打发时间，我心不在焉一会儿跑一趟到楼下发签证号牌的地方，看看那里的情况。指示牌上注明12点半发预约下午1点的号，12点不到，这里已经排了很长的队伍了，我也排在其中，现在排队的都是1点或1点30分，3点的还早着呢。起大风，降温了，我冻得不行。开始发号，我跟工作人员商量能否发号给我，一是外面排队太冷了，天气突然降温衣穿少了；二是下午还要赶回合肥。他们商讨了一下，竟然提前发号给我，真是太高兴了。

进入领事馆，跟着队伍按照步骤一关一关地过，采集指纹，核实护照，最后来到面签官跟前。他询问我是否是第一次去美国？是的，我回答；去美国做什么？看女儿；女儿在美国做什么？我说女儿是哈佛大学教师，感觉签证官眼睛一亮，惊奇的样子（孩子们说签证官对工作这个词很在意，一般不要用）。这时我赶紧递上哈佛大学的邀请信（孩子们教我这样做的，哈佛的邀请信很给力），签证官看了一下，告诉我：恭喜您，签证通过。如此的顺利，喜出望外，中午的1点38分走出美国领事馆，一身的轻松。

发微信第一时间告诉孩子们，他们一直担心签证不顺利，虽然美国现在是凌晨，但女儿很快回了信：祝贺妈妈！

24号去约定的中信银行网点取护照，在路上抓紧时间订机票，4月5号上海到纽约纽瓦克机场。在我要离开合肥的这段日子里，我对家里的君子兰说：我要外出一段时间，早点开花好让我欣赏你的美丽呀。它像是听懂了，开花比往年提前了许多时日。我在家排行老七，君子兰今年盛开了七朵，我的吉利数。冬眠的乌龟苏醒了，纷纷出来和我打招呼，往年它们都是在谷雨过后才出来活动的。连花园里自己长出的一棵麦苗都提前抽穗，它们像是在为我饯行。万物皆有情，满满的都是爱。

启程

4月5日，下午3点55分的航班，我早早地来到上海浦东国际机场，12点30分托运行李，1点安检后进入候机室。

我所乘坐的UA87航班，在D79登机口，有不少乘客都是去美国看望子女的，他们往返很多次，经验丰富，和他们聊天是一种学习，对去美国有个初步的了解。美国的塑料拖鞋很贵，一位去美国看望女儿的父亲带了25双拖鞋，夸张吧。一个4岁左右的小朋友快乐地跑来跑去，这是一个在美国出生的孩子，回国和爷爷奶奶一起生活了半年，他爸爸来接他回美国。据他爸爸说，在国内就读的幼儿园里，孩子的成绩是最后一名，他也不要求孩子学习，现在主要任务就是玩。美国的小学生，家长们的告别语多半是：Have fun，sweetie！（玩开心点，小甜心！）下午3点23分放学，家长们一接到欢天喜地从里面跑出来的孩子，第一句见面语多半是：Do you have fun at school today, honey?（今天在学校过得开心吗，宝贝儿？）原来美国家庭习惯给上学定下“Have Fun”（开心）的基调，让小孩子觉得上学有很多乐趣，争取Fun的，他们根本就没有要争取“分”的压力，所以小孩子每天都迫不及待地去上学和小朋友一起玩耍。不像国内，家长给孩子报各种辅导班，填鸭式教育，美其名：不能让孩子输在起跑线上。

这次我来美国，主要是照顾怀孕7个多月的女儿。在国内买了几本“宝宝早教第一本知识书（画册）”等图书，主要是认物、童谣什么的，女儿有点严肃地对我说，不希望自己的孩子早早地学习。我无语！

上海到纽约，飞机上的小屏幕显示8106mi（英里），1英里约等于1.6公里，近13000公里，飞行时间13个多小时。为了打发漫长的旅程，我特地带上学说英语书，练练口语。上了飞机，顺利找到女婿提前为我选好的过道旁的座位（进出方便），这样长时间坐飞机舒服些。拿出旅行三宝，怎么也充不上气，寻找一位男士请求帮助。坐在我里侧的是一位大学女教授，这次去美国开学术会议，研究气象专业的，她说长期从事研究，带研究生、博士生，单一的生活很枯燥，现在自己都不知道怎么玩了。

在飞机上看书、说话、睡觉。飞机上广播：此次航班将提前1个小时到达，不知不觉还有30分钟飞机就要降落了。记得上次去欧洲，坐了16个小时的飞机，最后自己都快无法忍受了，这次旅程如此的轻松、愉快，可能是即将要见到女儿的缘故吧。美联航班上的工作人员不是常规的年轻空姐、空少，他们的年纪都很大，尤其那位唯一的男士特别可爱，个子太高了，一直憨憨地微笑服务，印象很深。填写蓝色入境单时，孩子们帮我填好一份样单，我照抄，我身旁的那位教授说，你孩子心真细呀。填好入境单，吃饭，做好准备下机。

当地时间下午 5 点 30 分飞机抵达纽约纽瓦克机场。打开手机，和孩子们联系，他们还在路上，今天纽约的道路有些堵，车子只能开到 15 码。

入关

下飞机，我跟着人流排队入关。在窗口，工作人员询问：做什么工作的？退休了。在美国住多长时间？7 月份回。带违禁水果或肉什么了吗？没有。带多少钱？300 美元。以上这些都是英语问答的，是我前面的那位带小孩的男士帮我回答的。OK！护照和入境单上签字盖章。

取行李，找到自己的航班号，交那张蓝色的入境单，扫描行李，通过。

在楼下大厅，拿着孩子们准备好的咨询单，请老外帮助，他们很热情，拿出自己的手机，替我打通孩子们的电话，联系好，我在大厅等孩子们。见到了在上海机场相识的宣城的一位母亲，也是看望女儿的，她的女儿同样因为堵车没有赶到。在机场等待期间，我前后找了三个美国人询问,他们都是主动用手机帮我联系女儿,我虽身在异国他乡,他们的热情却让我很感动。

终于看到了孩子们,女儿也亲自来接我了,女婿拿出一束鲜花献给我,欢迎我的到来。和女儿拥抱,在异国他乡见到孩子们,真的很开心,很激动。其实,我可以直接转机到波士顿的,可孩子们不放心,还是亲自开车来接我,一天来回 700 多公里呢。返回波士顿,一路上我们说不完的话题,夜晚 11 点多到家,给国内的先生、亲人们发信息报平安。

孩子们拿出为我买的 iphone5 和一张美国手机卡,方便在这联系。他们还特地在纽约买了三碗凉拌面皮(中国特产),很好吃,家乡的味道。夜深了,抓紧时间洗洗休息,孩子们一天太辛苦了。

首日

早上 6 点不到起床,收拾行李,熬红枣米粥,给孩子们准备早饭。上午去中国超市,购买一周的生活用品,孩子们只有周末才有时间。市场的牛肉很便宜,牛腩 2.79 美元 1 磅(1 磅约等于 9 两);仔鸡一只 1.5 磅左右,只要 1.79 美元。我们买了几大包吃喝用的,总共花了 61 美元。

返回的途中,我们参观麻省理工大学和哈佛大学,两所大学相邻。我们在女儿所在的哈佛大学东亚系办公楼前合影留念,参观了女儿的办公室,逛了哈佛广场,瞻仰了哈佛先生的铜像,摸一摸哈佛的左脚尖，据说摸过此脚的人可以金榜题名，心想事成，现在原本深褐色的鞋尖被摸得格外锃亮，原来是经受了“百年爱抚”。

哈佛先生

接着我们来到了哈佛最大的图书馆，图书馆管理很严，只有哈佛的教职工才能入馆，女儿拿出她的工作证，和工作人员解释一番，我们才得以进入。关于这个图书馆有一段可歌可泣的动人故事：“泰坦尼克号”邮轮遇难的青年藏书家怀德纳的母亲，在事后捐赠她儿子(1885——1912哈佛学生)的大批藏书成立了该图书馆，馆内为Harry的灵魂建了一间纪念馆，Harry的母亲要求哈佛每天放一束鲜花，近百年来哈佛风雪无阻从未间断。不平静的历史，藏书之爱，那天纪念馆放着的是一束红玫瑰花。因为馆内禁止拍照，一些珍贵的资料、手记、信件只能一看而过，在哈佛纪念品商店里买了几张哈佛标志的明信片，寄给国内喜欢集邮的先生和朋友。

今天是周末，哈佛广场上有很多学生活动。几名穿着练功服的

哈佛广场

外国学生，正在认真地练习中国武术，只见一人单手持木板，另一人空踢击断木板，引来阵阵喝彩。哈佛的历史太悠远了，它是一所在世界上享有顶尖学术地位、声誉、财富和影响力的高等教育机构，并获誉为美国政府的思想库。哈佛共出过 8 位美国总统，44 位诺贝尔奖得主，15 个普利策奖得主，奥巴马、比尔·盖茨、罗斯福、基辛格等都是知名校友。广场附近的教堂、音乐厅、科技中心等众多建筑及历史需要我慢慢地了解它们。

我们在广场转了一圈，咖啡馆里休息了一会儿，时间不早了，今天就参观到此，打道回府，回家做中国大餐，让孩子们好好解解馋。

在波士顿小镇购物

来美国波士顿一周了，虽然合肥与波士顿两地相差 12 个小时，我竟没有时差感，一切如故。晚上同步收看中央电视台早间的朝闻天下，同步了解国内外新闻，感觉真有意思。早有耳闻，这里的名品折扣店，名品荟萃，孩子们更是对此称赞不已，周末，我们决定去看一看，逛一逛。

波士顿的春天比江淮地区晚了许多，4 月中旬，树木还没有发芽，路边的小草刚刚吐绿。今天阳光明媚，孩子们说是我带来了波士顿的春天（前几日还在下大雪）。碧蓝的天空，阳光无遮无掩地照射在前方行驶的车上，反射光犹如探照灯一样晃眼。在国内我们经常上高速，但从未有过如此感觉，我想，可能是缘于这里洁净的空气，使得阳光的穿透力超强。孩子们好像已经适应，我眼睛不适，忙戴上墨镜。

车辆行驶在宽阔的双向 12 车道的高速上，路上的车不多，一路通畅，我们很快到达位于波士顿近郊约 40 迈（1 迈约等于 1.6 公里）外的名品店。这是一个美丽的小镇，别墅式的一栋栋小洋房，整洁漂亮，超大的停车场里满满的都是车，300 多家名品店，琳琅满目，超乎我的想象。

远远地听到熟悉的中文广播：欢迎大家光临，这里可以为您办理购物卡……我好像又穿越回到了国内。Nike（耐克）、Adidas（阿迪达斯）、Puma（彪马）、DKNY（唐娜·卡伦 纽约）、Calvin klein（卡尔文·克莱恩简称 CK）等等，都是大品牌，每一家都推出多款三折、五折、七折的优惠活动，价廉物美，让人爱不释手。走进店内，舒适的购物环境，看不到步履匆匆，没有喧哗，人们彬彬有礼，慢条斯理地挑选心仪的物品，长长的买单队伍井然有序，收银员笑容可掬，细致入微地对待每一位顾客，让我有安享购物之感。

在美国购物，退货期有 1 个月的，也有 3 个月的，可以随时无条件地退货。所以有些看中的衣服，我们不想排队试穿，先买回家再说，这样可以节省许多时间。女儿喜欢一款鞋子，一时找不到最合适的鞋码，鞋子大了一些，又不想放弃，准备买回家垫个鞋垫，付款时随便一说，收银人员立马查询系统，告诉我们别处有存货，可以帮我们邮寄，周一就可以收到。我有点不相信，怕先付款不安全，孩子们说，放心，商家很讲诚信的，这样的情况在美国太正常了。

逛街的时间过得真快，转眼已是下午 2 点多了，孩子们说请我吃正宗的西餐。走进西餐厅，顾客很多，预约 40 分钟后再过来，我们在附近继续逛，看到 CK 牌的 T 恤和衬衣，价格、款式都不错，让女婿充当模特替岳父试衣（他们的身材差不多），选中了两件。就餐时，每人点了一份主餐、一杯饮料、一杯冰淇淋。西餐实在是提不起我

美国波士顿近郊购物街

的胃口，虽然早已饥肠辘辘，也难以下咽，想象着中餐的美味，勉强吃了几口，算是体验一下吧。餐毕，付了一笔不少的小费，真是让人心疼。美国的服务性行业，付小费不仅仅是一种习惯，更是一种对文化习俗的尊重，我慢慢适应吧。

一天的购物，逛了9个多小时，每人手里都是大包小包，收获颇丰。今天终于体会到购物的乐趣了：孩子们买单、幽雅的环境、安静而温馨的氛围。众多名牌着实饱了眼福，让人流连忘返。回到家里已是晚上9点多了，做了红烧大肠、木耳炒青菜和醋熘藕片犒劳孩子们，还是咱们中餐好吃，过瘾！

哈佛欢迎你

哈佛欢迎你，你得来这儿来学习，
从 1636 年起，哈佛在这里，
住在波士顿是很好的经历，
在哈佛地铁是很好的交通工具，
纽约不如波士顿，我不开玩笑。

哈佛欢迎你，虽然考哈佛不太容易，
我们有很多老师，他们都很有名。
在哈佛为了成功得努力，
上课，读书，但不可以作弊，
要考 100 分，不然会很丢脸。

哈佛欢迎你，哈佛有中文 Bb
哈佛的学生都对人很热情，
向中国的观光客说："哈佛欢迎你"

……

这是女儿执教的哈佛大学东亚语言文明系的学生参加影动哈佛视频比赛的作品，改编自一首具有中国元素的歌曲。那天女儿把比赛的视频放给我看，虽然还有些稚嫩，但学生们认真自然、一丝不苟的表演，标准的中文发音，较为准确的用词，近似夸张的可爱表情，让我捧腹大笑。这种学习与比赛相结合的方式，可以激发大家学习汉语的积极性，快速提升学生的汉语水平，形式多样而有趣。

我这次来美国主要的任务，就是照顾已有7个多月身孕的女儿。每天我送接女儿，往返两趟哈佛校园。女儿告诉我，每年寒暑假都有很多家长带着子女来游览、感受哈佛，哈佛成为中国学生心仪的假期目的地。说真的，行走在这个世界顶级的高等学府中，心中的自豪感油然而生。闲暇时，漫步校园，用孩子们送我的iphone5手机拍摄一张张静谧的校园图像：如画的景色，蜿蜒悠长的林荫小路，一栋栋娇小玲珑、造型别致的独立建筑。瞻仰哈佛先生的铜像，参观教堂、音乐厅、科技中心、图书馆。逛哈佛广场，这里有银行、邮局、超市、书店、服装店、餐饮、酒吧，一应俱全，各有特色。周末广场的街头表演，各怀绝技的艺术家在此一展风采，我还看到一群学生练习中国功夫，一招一式，有模有样。广场上挤满了人，它是哈佛学生活动的中心区，好不热闹，充分展示了哈佛广场的魅力和风采，塑造了一种特有的文化氛围。

哈佛大学，坐落在美国马萨诸塞州美丽的剑桥小镇。哈佛规模庞大、资产超群，常被人戏称为“哈佛帝国”。当年哈佛大学的建立

哈佛广场书店

者中有很多人都是英国剑桥大学的毕业生，因此哈佛大学所在的城市也就被命名为剑桥城。剑桥城因为有哈佛大学和麻省理工大学两所世界级的名校而闻名于世，它与波士顿仅一河相隔。学校没有围墙，环河而建，自由、开放，有灵气。在哈佛园与麻省大街的交界处，Dexter 门上外侧写着“进入本大学，在智慧中成长”，内侧则写着“离开后服务国家与人类”。哈佛的校训很励志，摘录几句共勉（音译）：教育程度代表收入。狗一样地学，绅士一样地玩。此刻打盹，你将做梦；而此刻学习，你将圆梦。没有艰辛，便无所获。哈佛之所以人才辈出，出现了许多知名校友，如奥巴马、比尔·盖茨、罗斯福、基辛格等，与之息息相关吧。

参加“哈佛中国论坛”开幕式

哈佛校园经常开展各种有趣的体育、社会和文化活动。这里有免费英文培训班，每人可根据自己的英文水平选修课程；哈佛公开课可以“淘”你喜欢的课，深受白领和精英们的喜爱；哈佛中国论坛，专注于面临中国的机遇与问题，它是北美地区最重要的中国主题论坛之一，每年春天在哈佛大学举行。我有幸作为客人和女儿一起参加了这届论坛开幕式，澳大利亚的前总理陆克文，中国工商银行行长易会满也参加了开幕式并演讲。

开幕式在哈佛的桑德斯剧院举行，美中关系国家委员会主席 Steve Orlins 风趣地说，陆克文（澳大利亚前总理）的中文很好，希望一个美国的领导人也能用中文演讲。在剧院的大厅，碰到了中国企业家陈光标，与他合影留念，他这次演讲的主题是，“社会创新与公益慈善”。三个礼堂式的大型阶梯教室同时开始不同内容或专题的演讲或论坛，大家共享着一场场中美文化、观念碰撞的盛宴。

哈佛不拘一格，笑迎八方客，开启世界名校的智慧大门。

在桑德斯剧院听音乐会

到波士顿的第二个周末，女儿学校的一位德高望重的老师，邀请我们全家共进晚餐，听音乐会。

老师是台湾人，她热情、好客，对女儿像自己的孩子一样，特别照顾，很令我们感动。我们6点不到来到一家台湾人开的餐馆，店内已经坐满了客人，排队等了一会儿才入座。只见老师熟练地点了几道菜，一看就是常客，这里菜的分量足，味道好，尤其是木兰鱼片深受大家的喜爱，和家乡的水煮鱼片口感差不多，特别好吃。

音乐会在晚上7点45分开始，这是哈佛学生自己组织的一场音乐会，在哈佛的桑德斯剧院的音乐厅演出，白天剧院举行一些社会活动，晚上作为音乐厅。桑德斯剧院以其独有的设计风格和声学条件闻名，是美国最悠久的剧院之一，拥有1166个席位，整座剧院呈半圆形，保持了观众与舞台之间的亲密性。演出的门票对外销售，因为剧院的停车位少，我们在外围停好车，进入音乐厅。检票的工作人员一眼认出了女儿，友好地说上午在哈佛中国论坛的开幕式上见到我们了，“是的。”女儿也友好地回答。在美国，任何地方工作人员的服务态度都非常好，常常让我受宠若惊。

音乐会要求观众关闭手机，女儿翻译告诉我，我想拍几张演出时的照片，把手机调到了静音。乐团的钢琴伴奏和大提琴手是女儿他们系的本科学生，钢琴伴奏 George Ko 是一个很帅气的小伙子，小时候跟随父母从国内移民过来，他的母亲特地从加州赶来，来为儿子加油鼓劲。大提琴手是个小姑娘，台湾人，她的爸妈也来到了现场。可怜天下父母心，对子女的关爱都是一样的。

2014 年 4 月 19 日在哈佛的桑德斯剧院门前

交响乐团的学生们精湛的演绎，堪称完美，这是精通音乐的女儿对此的评价。肖邦第一钢琴协奏曲，浪漫、平静、略含忧郁的内在感情和音乐里的张力，表现得淋漓尽致，真是太感人了。肖邦是女儿最为崇拜的偶像，肖邦的钢琴作品多数她都熟稔在心，自从女儿远渡重洋，好多年没有现场聆听这样较高水准的音乐会了。我静静地欣赏着每一首曲子，无与伦比的享受，眼前好像回到了十几年前，女儿在家天天弹琴的温馨情景。

一曲《我和你》，北京2008年奥林匹克会歌，大提琴前奏，小提琴相间，舒缓的乐曲，丰满抒情的演奏，悦耳动听，观众如痴如醉。演出结束后，我们参加了乐团举行的招待会，一个小型的冷餐会，大家兴奋之情溢于言表，纷纷与乐队成员合影留念。

这些哈佛学生品学兼优，业余爱好广泛，哈佛大学也是大力推崇。明年春天他们将休学一段时间，自筹25万美元资金作为演出经费，到上海、香港和台北巡回演出，可见孩子们对音乐的痴爱。在此我们预祝演出成功！

精彩的音乐会虽已结束，美妙的乐曲仍然袅袅余音，不绝于耳。

波士顿的“汉语桥”演讲比赛

当地时间4月26日，第四届新英格兰地区大学生“汉语桥”中文演讲比赛，在美国马萨诸塞州麻州大学波士顿孔子学院举行。

麻州大学坐落于波士顿的哥伦比亚角，景色优美，紧邻大西洋。举办比赛的阶梯教室和大海近在咫尺，天公不作美，春雨中的波士顿气温骤降，因为不能像在国内那样及时地了解天气的变化，突来的倒春寒让穿着单薄的我冻得瑟瑟发抖，临时取消了去海边踏浪的计划。

比赛计划在中午12点30分开始，会务组为参赛选手和嘉宾准备了自助的午餐，简单的快餐、水果和纯净水。大厅内一位中国书法老师用毛笔现场为大家写字，对面摆放着他的一幅幅十二生肖字画，作品栩栩如生，吸引了不少围观者。报到处为每一位选手发放印有中文“你好”的黑色手提包做纪念。女儿的一位学生，早早地穿上自己为比赛定做的中国唐装，女儿告诉他现在不要穿，等比赛时再闪亮登场，高个男孩很听话。

今天来参赛的有哈佛、麻省理工、麻州等几十所大学的学生。

比赛分初级组和高级组，华裔学生不能参赛，他们的中文有基础，这样会对其他非华裔选手不公平。赛前，有的学生自己默默地练习，有的在认真听老师的指导，评委都是各高校具有丰富汉语教学经验的专家。

麻州大学波士顿孔子学院中文演讲比赛现场

孔子学院的孙主任宣布比赛开始。初级组的学生一上场，他们的汉语水平就完全出乎我的意料，比如一些常用的关联词语运用得恰到好处。每位选手都有一个中国的名字，演讲的内容自选，他们都有自己的主题。选手演讲完毕后，有两个评委来提问，考察学生的汉语综合水平。一个学生讲述了他去年寒假在中国的生活经历，他说中国菜好吃，中国的热包子也很好吃，吃它的时候心里暖暖的，去中国一定要吃中国的包子。他很会带动气氛，现场笑声连连。接着他说，中国的电视节目《非诚勿扰》好看，孟非主持得好，可以认识很多美女，他回美国后在网上继续看这个节目，有时为了学一个单词，经常按下暂停键，自己反复地练习发音，是孟非提高了他的汉语水平，扩大了词汇，使他的汉语能力突飞猛进。一位评委提问：你会上这个节目吗？会找那里的美女做女朋友吗？全场爆笑。他认真地回答道：我可能会上这样的节目，但不会在那里找女朋友，还是希望找彼此相识很久的，这样相互了解。很诚恳的回答，评委非常满意。

第四届新英格兰地区汉语桥大学生汉语演讲比赛

女儿的学生，那个高个的美国男孩，一上场就与众不同，他没有站在为选手准备的演讲台，而是自己拿着话筒，站在舞台的中央。他自信地向大家介绍他的中国名字叫常明，来自哈佛大学，他讲了许多有关给孩子起名字的重要性，一个好的名字可能会影响孩子的一生。评委提问：给男孩和女孩起名有什么不同？可知道 Jacky Chen 的中文名字叫什么？常明回答：中国男孩的名字要威武、强大，女孩的名字要美丽、温柔。他如实地说，不知道 Jacky Chen 的中文名。老师告诉他说，Jacky Chen 的中文名叫成龙。只见常明马上回答，哦，望子成龙。引得大家笑成了一片。有些老师的问题也是难为学生了，就像我们学习英文一样，不可能面面俱到，这些学生理解也很有趣，太搞笑了。

五个小时的比赛，选手们精彩的演讲，赢得了评委和观众阵阵掌声和笑声。去年女儿的学生获得了“汉语桥”比赛的第一名，今年参赛的常明获得了演讲第二名，成绩斐然，可喜可贺。

学期末的“家庭”聚会

早有耳闻，哈佛学生期末大考前，为了减压，在校园里裸奔已成为传统。女儿说，他们系的一位年长的黄老师为了排解学生们的压力，每学期期末考试前都要请自己的学生到家里聚餐，让孩子们在家庭聚会的氛围中随性、肆意地释放心情，放松自己，收获快乐。

我有幸作为嘉宾被邀请和女儿一起前往。我很好奇，心想一个班这么多的学生怎么招待？那天我和女儿提前去，看是否能帮上什么忙。黄老师家是一栋欧式建筑风格的三层小别墅，老师很热情，一进屋就向我们介绍她准备好的几种茶，有绿茶、红茶、台湾的乌龙茶，还有用菊花、枸杞、决明子、陈皮一起熬制的八宝茶，邀请学生的一个家庭聚会，茶的品种准备了这么多，真是开了眼界，可见老师的真诚和重视。

小小的纯白毛宠物狗和主人一样好客，它欢快地围着我们转来转去，模样超萌。我环视室内，老师家一楼高挑的客厅，开放式的厨房，长长的西餐桌中间摆放着一些精致的工艺玻璃器皿，靓丽美观；钢琴前一幅中国画清秀典雅，房间的装饰布置高雅有品位，楼梯处的墙上挂满了一幅幅剪纸作品，显得特别喜庆。黄老师说，这些都出自一位90多岁的剪纸老人之手，一次偶然的机会认识了这位老人，她还请老人给学生上过剪纸课，现在老人每年都给她寄一幅剪纸，我看到了今年的属相剪纸作品，一只腾飞的小马，惟妙惟肖。

制作葱油饼

黄老师穿着时尚，精力旺盛，她和先生都是哈佛大学教授，来美国已经三十年，养育了一双儿女，他们已经长大，成家立业独立生活了。晚宴食物的半成品都已加工好，卤鸡蛋、猪肉丝、牛肉丝、烤肉片、拌菜、各种沙拉、制作葱油饼的面团和葱花猪油等等，品种繁多，中西结合，想象不到所有的这一切都是她一手准备的。黄老师请我和女儿帮忙先切面包片的边围，再把一片片面包片切成四块，两块中间抹上调好的馅料，黑黄面包片相间摆盘。禁不住眼前美食的诱惑，我们提前品尝了一块，好吃极了。请教得知，这是南瓜泥、鸡蛋、黄瓜、青豆和酸红梅拌匀的馅料，色泽艳丽，味美无比，没有加任何调料，都是食物的原汁原味，想不到老师制作美食的手艺如此精湛，今天又学了一招。

准确地说这是一个家庭派对，同学们随到随吃，不受任何约束。一个高个美国男孩，他是犹太人的后裔，忌吃猪肉，每上来一道荤菜，他都认真地询问什么肉的，样子很可爱。丰盛的晚餐被一群朝气蓬勃的年轻人“洗劫”一空，我制作的葱油饼大受欢迎，几位女同学主动到厨房帮忙烤肉、切水果，师生欢聚一堂，温馨无限。

餐毕，同学们开心地在老师家弹琴、打牌、讨论学习。女儿的学生常明（美国人），今年“汉语桥”比赛获得了第二名，他特爱学习，不停地用中文请教一些问题，他的妈妈也曾是哈佛的学生，他考上哈佛觉得自己很牛。我旁听着学生们和老师不时掺杂英语的中文谈话，同学们尽情放松整个学期那已绷得极度紧张的大脑神经，大家开怀的笑声感染着在场的每一个人，感觉自己也一下子年轻了很多。

大西洋岸边观日落

周末我们打算到湖边烧烤去。在美国，烧烤是一种文化，美国人乐此不疲，孩子们更是向往不已，他们想让我体验一下自己动手烧烤的乐趣。遥想一下，在春意浓浓、风和日丽的日子里，走近大自然，远眺蓝天白云，近闻香飘四溢。那感觉，一定很惬意。可是天公不作美，晴朗了一周的好天气，周末却突变，雨水的到来让我们的野餐计划泡汤。

周六午休时，我被一阵悦耳的歌声唤醒。走到窗前，发现不知什么时候阳光重回大地，对面一楼的院子前几个小伙子自弹自唱，周边围满了观众，好不热闹。不能虚度如此美好的春光，我们决定到海边观日落去。孩子们立刻上网查询，罗德岛州新港市，距离波士顿约有 160 公里，濒临大西洋，为观日落的最佳地理位置，今天日落的时间是晚上 8 点零 2 分。准备就绪。我们带了一些零食和一盒切好的西瓜及开水什么的，放了两把折叠椅和每人一件厚外套在车后备箱里，听说海边很凉。

一路欢歌，大家为即兴决定而兴奋着。时间还早，多出两个小时的时间，路过初来美国时已光顾的名品折扣店。我们又来到 ANN TAYLOR 店内，记得上次我看中的一款连衣裙，因价格不菲没舍得买，一直难忘，今天顺便碰碰运气看是否降价。我们径直走到柜台前，衣服标签上的价格已经比上次降了 20%，再细看，现在的价格基础上又降 70%，哇，等于是一折销售呢，庆幸！心中大喜，女儿毫不犹豫地付款买单，意外收获。逛街超时，孩子们看到自动售货机里诱人的小食品，匆匆地买了两袋，今天的主题不能耽误。

我们的车子很快进入了美国面积最小的罗德岛州。新港是这个州最繁华的港口，著名的海港，旅游胜地，风景优美，地理位置得天独厚。沿途有许多大面积的豪宅，有的足有上万平方米，多数建于 19 世纪。女儿告诉我，这里的豪宅部分对外开放展览，游客购票参观游览，主人用这些资金用于房子的修缮、管理。天色已晚，我们看日落的时间紧张，只能坐在疾驶的车里一睹豪宅的风采了。按照导航指引，我们来到一片开阔的场地，观察地形，这里应该是看日出最佳点，但日落的海平面被港湾上的斜高坡挡住了，于是立刻调转车头，另寻他处。左转右拐，我们终于寻到一处无遮无挡的海岸，蔚蓝的天空下，广阔无垠的海面展现在眼前，海的对面是一望无际墨绿的大草坪，非常壮观。

打开车门，海的气息一下飘了过来，那是一股微腥的清新，女儿说是海带的味道。我们欢呼跳跃着奔向海边。寒冷突然袭来，我们赶紧折回拿出外套披在身上。呼啸的海风掀起一层层巨浪，波澜壮阔，绚丽的晚霞和多姿的彩虹映在辽阔的海面上，把大海装点得金碧辉煌，颠覆视觉。光芒四射的阳光射得眼睛睁不开，我怕错过了美丽的日落，赶忙戴上墨镜，目不转睛，拍下了一张张超炫的照片。当夕阳悄无声息地带走最后一抹余晖的时候，旁边的一群年轻人齐声高呼，将一人高高地抛起，大家一起释放快乐，收获喜悦。

大西洋岸边观日落

本次观日落，我们乘兴而来，尽兴而归。返回的途中，在一家快餐店就餐。这家的鸡肉卷和我淮北家乡的烙馍卷菜很像，味道也不错，连吃了两卷，最后的那份鸡肉卷因为上来稍迟一些，店家又多送了一个，表示他们的歉意。最让我开心的是，这里吃饭不收小费，爽。

参观波士顿艺术博物馆

来美国探亲，总想尽可能多地了解这里的历史、文化、风俗和习惯。波士顿艺术博物馆是颇有历史和名气的世界四大博物馆之一，几次路过它，都因为没有充足的时间，只得擦肩而过。

这次我们去中国超市采购物品，先去博物馆参观，它们相距不远。波士顿的春天和夏天一样，天气说变就变，本来晴朗的天空突然下起了雨，气温一下就降了许多。今天是周日，街头的停车位不收费，可能是因为之前下雨的缘故吧，我们很快找到了就近的车位。

我们下午 3 点多到达博物馆，不知它们几点下班，来不及在正门停留，匆匆入馆。大厅里显示闭馆时间是下午 4 点 45 分，在美国很多地方下班都特别早，工作人员告诉我们，参观的时间只有一个小时，不需要买票了，直接进去吧。呵，还有这么好的事，省了我们不少钱呢，开心！

博物馆宏伟、大气。有亚洲馆、非洲馆、美洲馆、欧洲馆等，这里保存的艺术品，都是世界上独一无二的。今天只能看部分了。入馆，映入眼帘的是宽敞明亮的门厅，挑高三层，外墙全玻璃结构，中央一株高大挺拔的绿色景观树特别养眼、霸气，侧面魔方式的装饰墙五颜六色，隐隐露出一股古朴的艺术气息，让人们对馆藏的艺术品多了一份探索的期待。

在波士顿艺术博物馆

我们首先来到欧洲馆内。一幅幅欧洲风情的艺术作品，雕像、油画和石雕，色泽艳丽，惟妙惟肖，像我这样对艺术不精通的人，也会被这样的艺术氛围所感染。可惜注释都是英文，对作品的年代、背景不能全面了解。

我建议今天主要看中国展，咨询工作人员，一位年轻的男士，热情好客，直接把我们领到二楼的中国展厅。一进入展厅，扑面而来的是具有浓厚中国元素的古代的青铜器、陶器、玉器、瓷器、字画、壁画、石刻、敦煌经卷，工艺精美的观音像、佛像、唐三彩等等。一组江南庭院风光，典型的古代文人的书房，书、笔、墨、纸一应俱全。屏居佳器，卧室、厅房里是中国16、17世纪的家具，史前高古彩陶罐和一些中国早期釉砂和玻璃制品，看起来古朴拙厚，意韵深远。

墙上一帧白居易《庐山草堂记》文引起我的注意。“噫！凡人丰一屋，华一箦，而起居其间，尚不免有骄矜之态；今我为是物主，物至致知，各以类至，又安得不外适内和，体宁心恬哉?”中文繁体字版和英文版，特别醒目。英文版的白居易写成Bo Juyi好像不对吧？把白读成伯的现象，属于韵白，在京剧中存在，想必翻译者是一位京剧爱好者呢。白居易曾在我的家乡安徽宿州的符离集镇生活过十几个年头。符离，据说是因为当时北有符山，南有离草而得名的。美丽的符山吸引着白居易，蜿蜒的濉水陶冶了他，符离的土地养育了他，广阔的原野让喜欢游山玩水的白居易着迷。

走出博物馆，广场上一位画家手执画笔、画板，脚踏一双拖鞋，在瑟瑟凉风中专注地描绘着自己的作品。周边无题的雕塑和博物馆似乎有着千丝万缕的关联。博物馆的入口处排着长长的队伍，今晚这里可能还有什么重要的活动，不得而知。

波士顿艺术博物馆是本地市民周末或闲暇时经常光顾的地方，也是外地游人不可不往之地。馆内收藏作品之丰富，令我们目不暇接，流连忘返。

哈佛茶会

第三十七期"哈佛茶会 Harvard Tea Party"话题：老子"欲望"思想的现代意义——老子"欲"视域下的身体问题。

时间:2014 年 5 月 24 日下午 2 点—4 点;

地点：Science Center 221。

——来自哈佛大学中国学联官方微博

来到美国后,女儿帮我加了她所执教的哈佛大学中国学联官方微博,方便我及时了解国内各大学的访问学者到波士顿地区大学的交流访问信息。学者们经常在哈佛以茶会的形式对自己的研究课题,用 PPT(幻灯片)图片和文字,先介绍再讨论,一般两个小时。

第三十七期资讯一出,女儿第一时间询问我是否参加此次活动。女儿学校放假了,这次她有时间陪同。虽然我对这个如此深奥、遥远的话题了解甚少,但我极有兴趣,"开听"有益。

我们早早地来到举办茶会的哈佛科技中心,时间还早,于是就在附近转转。周围有不少游人和学生坐在科技中心广场的椅子上,享受阳光,享受清闲。广场对面的校园内彩旗飘飘,哈佛最大的图书馆前,宽阔的草坪上摆满了一排排座椅,规模盛大,工人们正在紧锣密鼓地布置场地,女儿告诉我哈佛学生将在这里举行毕业典礼。

在电梯里碰到一位精神矍铄的老先生,也是来听讲座的。他很客气地同我们打招呼,他是台湾人,学数学的,他太太是教中文的,来美国 30 多年了。他问我们是哪里人,我告诉他,我们是安徽合肥人,他说,他有一朋友也是合肥人。

茶会按照哈佛的上课时间下午 2:07 开始。今天的主讲是来自武汉大学的甘露,一位年轻靓丽的美学女博士。甘露自我介绍,她去年 8 月份到哈佛,做为期一年的访问学者。开始她先卖个关子,放一首周杰伦的歌曲《牛仔很忙》,让大家仔细看看歌词,最后来揭晓这首歌和今天演讲主题的关系。很新颖的开头,最大悬念吊足了大家的胃口。她说,美学是哲学的一个分支,老子从哲学的立场上,提出了一些极有价值的美学观点。怎么把哲学贯穿到日常生活中?人生追求的最高目的是什么?围绕今天的话题,甘露接着阐述了几个带有"欲"字的成语:望眼欲穿、蛇欲吞象、七情六欲。永不满足的欲望、贪欲,在中国传统思想中形成了一个主题。人的欲望,身体的欲望,每人都有一定的标准。比如女孩子爱名牌包、爱买漂亮的衣服,这是一种欲望。老子欲望思想具有独特性,老子欲望思想在当下的意义,合理的欲望得到满足……

最后甘露又把周杰伦的《牛仔很忙》歌词放大到屏幕上,一句句地解释其与老子思想的关联性。她说,《牛仔很忙》写的是生活的态度，使哲学美学日常化了，这首歌收入到了中学课本，估计周杰伦自己都没有想到。

说真的，今天的话题，我虽似懂非懂，却受益匪浅。能够沉浸在思想的氛围里，真好！

陪女儿做产检

自从女儿怀孕后，我们越洋电话聊得最多的话题是每次的产检。我担心产检时他们排队挂号、检查忙不过来，女儿总是告诉我，挺好的，放心吧，妈妈。

4 月初，我终于搞定签证如愿来到美国。记得第一次陪女儿去医院做产检，风和日丽，春光明媚，天气不错，大家的心情也不错。我们按照预约时间提前来到了医院。麻省总医院（MGH）是全美第一的医院，建于 1811 年，也是美国历史最悠久的三所医院之一。走进医院，闻不到特有的消毒水味道，行人稀少，医生穿着便装，我还以为走错了地方呢。

一楼大厅里没有挂号处，我们坐电梯直接来到 4 楼的妇产科。妇产科宽敞的休息室里摆放着电视、沙发、茶几、杂志和饮水机。前台的工作人员，快速地打印出预约单，我们坐在沙发上等待。今天预约的时间是下午 4 点 50，时间已过，孩子们说平时都是很准时的，女婿前去咨询，原来我们的医生接诊的一位孕妇有点情况，时间延迟了。

终于叫到女儿的名字，引领我们的护工一直在解释，说很抱歉什么的。她把我们领到一个单间里（家属可以陪同），女儿说所有的检查都在这里进行，每次有4个医生轮流来做各项检查。第一个医生见到我们，她极为热情，用夸张的表情问好，欢迎我们，就像久别重逢的老朋友，不停地说Sorry Sorry，真诚地道歉，使我们刚才等待时的不悦心情烟消云散。医生猜出我是妈妈，主动和我打招呼。接下来的常规检查有条不紊地进行，医生耐心详细地和孩子们交流着，其实她们早已过了下班的时间。走出医院，我和孩子们说，伸手不打笑脸人，医生的服务态度令我感动。

女儿怀孕第36周时，有一次胃疼，我们匆匆来到医院。车子刚在急诊室门口停好，门口负责疏通道路的警察快速地打开车门，我们下车后，警察叫女婿先把车子开走，自己推着停放在门口的轮椅，直接把女儿送到了医院急诊室，一切都是那么的熟练自然。来美国后，我发现这里最牛的是警察，他们持枪上岗，处理公务时开着鸣笛的警车呼啸而过，道路上前方行驶的车辆要主动地停在一边让其先过。所以此时我很惊讶，警察也有如此温情的一面！

医生先和女儿单独谈话，询问是否受到家庭暴力，得到女儿的否定回答后，让女儿服了一袋冲剂，缓解胃疼，接着抽血、化验各种检查。过后我上网查询，怀孕后期，孕妇胃疼很正常，胎宝宝大了，活动有时会顶着妈妈的胃，饮食不当也容易出现这种情况。这里的医生真的是大惊小怪，各种检查折腾一遍，他们要排除一切隐患。最后医生告诉我们说："恭喜你们，一切指标都特别好。"女儿说，这在美国很正常，医生超负责任，一次她同事的小孩不舒服，打电话咨询医生，医生要求家长马上送孩子去医院检查，同事说知道是怎么回事，自己吃点药就可以了，不需要看医生，医生立刻用命令的口吻说，如果现在不送孩子去医院，他们会到家里强制接走孩子的，吓得同事只得乖乖就范。

在美国，宝宝出生前，有车的家庭，要到警察局安装儿童座椅，否则生产后不允许大人孩子出院。如果自己安装的座椅不合格，父母没有尽到责任，会收回父母对子女的监护权。家庭购买儿童车和座椅要登记，以后有什么问题方便及时召回。

十月怀胎，一朝分娩。胎宝宝 38 周了，我们全家准备就绪，随时迎接新生命的到来！祝大人孩子平安健康！

废物与珍宝

美国人有句谚语说得好,一个人的废物可能是别人的珍宝。在美国不管你贫富与否,买卖旧货已经成为开源节流的重要途径,很多家庭把这项活动作为教育孩子的机会,让孩子们懂得珍惜,知道赚钱的不易,这是一种双赢,人们早已习以为常。

这里家庭和政府旧物处置方式是拍卖和捐献。一般他们把需要处理的物品,在公共场所、自家公寓楼的入口处和网上用不同形式发布信息,看货、谈价、交易,价格都很便宜。在美国捡东西容易,丢东西难。按照美国的法律,废弃的物品必须运送到指定的地方,在购物中心、教堂庭院等处都会设置一些很大的旧物分类收集箱,市民可以把不穿的衣服和任何其他尚有利用价值的物品放在里面,整洁干净是必须的,不能脏兮兮的,以保证其最大限度的回收利用。这里没有有偿回收废旧物资,所以没有拾荒、收废品这一职业。

美国新车的价格不高,二三万美元就可以买到相当不错的车,只要你的信用好,零首付即可把车开回家。可人们还是热衷于二手车,只要适合自己,不讲排场,不比阔气,购旧车成了首选,价廉物美,保险便宜,何乐而不为? 街道上经常可以看到锈迹斑斑的老车,我曾见过一辆汽车的天窗和后座玻璃全无,仅用塑料布遮挡,照开不误。

美国出租房或公寓里都不配置家具、电器,他们只装修厨房和卫生间,客厅和卧室铺上地毯,空空的房间需要自己添加生活用品。美国市场上的床和家具,价格很高。新移民最喜欢在旧物拍卖活动中购物,幸运的话有时几十美元就可以把家构建起来,经济实惠。

女儿一家居住在一栋三层公寓楼里,这里多数都是年轻人。美国没有户籍制度,迁徙自由,他们工作、求学在这个城市,人口流动性大。频繁的变迁经常会有一些旧物(崭新的或者七八成新的),沙发、床、餐桌、电器等生活用品包罗万象,摆放在楼梯处的平台上,无偿地供有需要的人选择。

一次我看到平台上一个多层的金属文件架,这是女婿一直没有买到的心仪物品,他的论文资料多,放在一起杂乱无章。我自作主张把它拿回了家,擦洗干净后放在写字台上,把桌子上的文件归类整理收纳其中。虽然桌面上整齐敞亮了,我心里却忐忑不安,怕捞埋怨。孩子们回家非但没有怪我,还表扬了我,说物尽其用挺好的,他们来美国后观念也慢慢地发生了变化。

前些日子,女儿的邻居韩国人,举家回国。他们早早地张贴了处理物品的海报:搬家大拍卖,有需要的请在 4 月 19 日(周六)下午 1 点至 5 点上门选购。一般大家多少都会去选购一些,不光是因为便宜,按照女儿的话说,在外都不容易,能帮就帮帮吧。孩子们一下买了两个实用又漂亮的衣柜和一个购物小推车，共计30美元，韩国朋友很感激，另送了一个精致的大花瓶和一个工具柜。

变废为宝，各取所需，在美国已形成了一种传统，一种文化，一种社交的方式。美国人喜欢定期淘汰家里的旧货，爱在旧物市场慢慢地淘所需物品，他们并不介意淘的是旧货，而且乐此不疲。

感　恩　节

这次来美国正好赶上感恩节，我们全家受邀参加女儿哈佛大学一同事家延续二十五年的感恩节晚宴。说真的，我很期待这次能够在美国亲临这一盛宴。

感恩节是美国重要的传统节日，是美国国定假日中最地道、最美国式的节日（holiday），定于每年 11 月的最后一个星期四，它是美国人合家欢聚共庆的节日，有点像我国的春节。美国人提起感恩节总是倍感亲切，举国上下会举办各式各样的狂欢活动，旨在感谢上天赐予的好收成。女儿的学校放假 5 天，可见美国对感恩节重视的程度。

我们如约而至，身着盛装的黄老师今天格外漂亮，红彤彤的短上衣显得精神、喜庆。她的先生是哈佛大学的教授，世界闻名的语言学泰斗乔姆斯基的关门弟子。乔姆斯基是转换－生成语法的创始人，他为语言学界培养了一批高素质的学者，黄老师的先生就是其中一位。现在黄老师的先生早已是德高望重的语言学大师、长江学者（长江学者讲座教授一般是在国外大学当教授的华人，被国内大学聘请每年来开开讲座，或者合作一些课题），特别牛。教授个子很高，戴着一副眼镜，说话温和，很儒雅，很慈祥，整个晚上都在为来宾服务，尽地主之谊，平易近人，没有一点架子。今晚的多数嘉宾是他带的博士生，还有几位国内来哈佛大学的访问学者和同仁。在感恩节的宴会上，吃火鸡是一种传统，今天也不例外，“烤火鸡”是主角。晚宴以自助餐的形式，首先端上长条餐桌的是一只大大的烤得冒油的火鸡。我第一次见到烤火鸡，很兴奋，抢先连拍了一组照片，大家似乎被我的热情所感染，纷纷加入在火鸡前拍照留念的行列。拍照完毕，大家共享火鸡盛宴，近 10 斤焦黄的烤火鸡，外酥内香，沾着调配好的酱汁，味道好极了，极受欢迎，不一会儿就被大家一扫而光。让我没有想到的是火鸡的肉质如此鲜美，可以和北京烤鸭的味道相媲美。

路边的火鸡

接下来的一道道美食有美式的、意大利式的西餐以及中餐。一大盘烤了四个小时的蜜汁火腿让我开了眼界，精细的刀工把火腿分割成易于取食的网片状，甜香可口，让人大饱眼福和口福。今天的来宾多数都是华人，最后压轴的当然是咱们的中餐了，虽说是中餐，差不多也是中西结合改良的做法。美国的厨房都是开放式的，不适合煎炒烹炸，如果油烟大了，厨房的报警器鸣响会招来警察的，所以像西兰花和四季豆我感觉都是煮熟后再配上佐料，味道也不错，主要这样还不损失营养成分，值得学习。晚餐的主食是米饭和水饺，水饺是一位老师在家手工包好带来的，是我爱吃的韭菜肉馅的，女儿负责下水饺，给我盛了一大盘。最后的甜点是蛋糕和冰淇淋。晚宴品种丰富，大家在异国他乡边吃边叙，氛围很轻松，很愉快，很温馨，像家人一样。讲到水饺想起了他们讲的一个笑话：一次一个美国人在中国朋友家吃水饺，觉得很好吃，他分不清楚水饺和包子的根本区别，跑到超市自己买了一袋包子回家煮着吃，结果煮成一锅菜粥，闹了一个大笑话。咱们中国的饮食文化源远流长，外国人想学到其中的精髓非一日之功也。

我曾看到过一篇报道，说火鸡拯救了美国 ，而美国人却以吃它来纪念，似乎有些残忍。近日我看到了一组照片：一个火鸡养殖场，感恩节前养殖场内一群群火鸡，热闹非凡；感恩节后，养殖场里火鸡空无一只，场面很震撼！我对火鸡的印象特别好，第一次见到火鸡是今年春天在波士顿的街头，一只身材丰满羽毛靓丽的火鸡在草坪上优雅地觅食，迈着从容的步子，犹如高贵典雅的妇人，给我留下了深刻印象。想到感恩节火鸡的命运，心情有些淡淡的感伤与不安。

女儿和她的学生们

女儿是哈佛大学的中文老师,这学期她带大学一年级和五年级这两个年级的课程。

汉语是世界上最古老、最美丽、最丰富的一种语言,也是举世公认最难学的语言。女儿开玩笑地说:早上9点教完胡适的“多谈些问题,少谈些主义”,10点去隔壁班教拼音,这是怎样的一种爽快!真是挑战无极限,虽然要备不同年级的课,跨度越大,越刺激。女儿说得很轻松,但我知道她付出很多,很多。

女儿说,一次她教大学一年级学生学习“伤心”这个词,有个学生说:“老师您天天乐呵呵的,可能从来没有伤心过吧?”女儿回答说:“老师也伤心过,高考时没有考上理想的大学,很伤心的,上大学后就发奋学习,立志一定要考上所学专业最好学校的研究生,所以每天从早到晚都在用功,终于考上了心仪的学校。”话音刚落,只见全班同学夸张地集体起立给老师鼓掌,学生们很真诚,女儿很感动。一次,女儿和学生讲到怎么样才能健康长寿,一学生马上抢先回答:吃唐僧肉可以长寿。搞笑吧,他一定看过《西游记》的。女儿的学生经常会用错字，闹出一些笑话，比如，学生会把“汉字”读成“汉子”，“畔畔”读成“胖胖”。他们把歌曲《北京欢迎您》重新填词改编成《哈佛欢迎您》，自己演唱录成视频，学习汉语，效果好。这些年轻人喜欢看中国电视节目《非诚勿扰》，跟着电视学汉语，在娱乐中轻松愉快，不知不觉地提高了汉语水平。

前几天，马上要期末考试了，女儿给同学布置作业，一同学的电脑死机无法使用，不能准时交作业，拍了一张电脑死机的截图发给老师，证明自己没有说谎话，可爱吧！哈佛学生学习压力大，每学期大考之前都会在学校裸奔，释放即将到来的考试带来的紧张情绪。我一直想去现场看看，12 月 10 日夜里 12 点学生们在哈佛园裸奔，我要照顾小宝宝未能前往，上学期因为女儿怀孕不方便陪同，今年的两次裸奔我都赶上了又都错过，实在是遗憾！

女儿说，她们班五年级的学生中，有的同学汉语水平非常高，已经在研究甲骨文了，除中国古代的诗歌和赋看不懂、解释不清楚外，其他的都懂。啥情况呀，相当于专四、专六或专八的水平吧，这些学生快成中国通了。所以教好这些中国通很不容易，让他们尊重、佩服就更不容易了。热爱教学的女儿并没有被困难所吓到，每堂课的内容都认真备课，改变常规的死记硬背教学方法，灵活多变，生动有趣地把所要教的内容很自然地贯穿其中，使学生易学、易懂、易领会，深得大家的喜爱。

学期末，学生对老师进行考评，女儿的分数很高，今年的五年级教学评比竟然得了满分。女儿每学期都获得哈佛大学优秀教师奖，连续两年美国波士顿的“汉语桥”比赛，女儿的学生分别获得一等奖和二等奖。我从心中感动欣慰，女儿的教学得到了学生们的肯定，这对老师来说是最大的安慰和奖赏。在此，我为女儿点个大大的赞字！！！

女儿成长历程

女儿喜欢和父母沟通，每天放学回家都会告诉我们一天开心或不开心的一些事，现在想想真的很有趣。

1. 女儿初二那年，有一次我去参加家长会。同学们说：许尔茜，为什么你妈妈这么年轻（孩子们充满好奇心，好像是想听到其他原因）？只见女儿不慌不忙地回答："因为我老爸太优秀了！"全场无语！这就是女儿的大智慧。（老公点评：答非所问，妙！）

2. 女儿每天清晨很早自己去公交车站坐车上学，有次姥姥问她走在路上可害怕。女儿说："不怕，早上坏人都在睡懒觉。"（老公点评：孩子善于观察！）

3. 有一年冬天，清晨白茫茫的雪铺天盖地。晚上女儿回家告诉我说："妈妈，早上路上全是雪，不小心摔了一跤，我看看四周没人注意，赶快爬了起来，要是被人看到好丑呀。"从小女儿都是自己去上学，我们从不接送。（老公点评：大人既偷了懒，又培养了孩子的独立性。）

4. 一天女儿放学回到家，生气地对我说："妈妈，班里的一个男生好讨厌，下午他见我有些犯困，提着一双臭袜子在我眼前晃来晃去，说此法可以提神醒脑。"我听了哈哈大笑。（老公点评：青涩少年，可爱至极！）

5. 初中二年级，学校运动会，女儿参加1200米长跑比赛。时髦漂亮的女生身边，有男孩子为其助跑加油，女儿是自己一个人孤零零地跑到终点的，心里有些失落。（老公点评：孩子大了，开始有心事了。）

6. 傍晚放学的路上，女儿站在公交车上，看到前排座位的小朋友津津有味地吃着面包，那个香啊，馋得她直想流口水。这时那位小朋友也发现了女儿盯着她看，越发夸张地吃起来。女儿到家第一时间要我也买一个同款的面包，说一定要解解馋。一个孩子在自己有些饥饿的情况下，看着别人吃东西，是多么难熬的过程哦。（老公点评：哈，真好〔hào〕吃！）

7. 学校附近有一条漂亮的小狗，通体雪白，红头绳扎的冲天辫，模样很萌。有一次，小狗目不转睛地看着女儿，边看边快速后退，退着退着小狗自己撞在了树上，疼得小狗在原地转了好几圈。（老公点评：真逗！）

8. 刚入初中，封闭军训半个月，伙食不敢恭维，孩子们个个像馋猫似的。有次食堂供应红烧鸡，女儿好不容易得到了两块鸡肉，还没来得及吃，就被一个子高的男同学发现，他竟然居高临下从女儿碗里把鸡肉抢走了，为此女儿心疼难过了好几天呢。军训结束后，我做了一大盘红烧仔鸡，差不多都被女儿一扫而光。（老公点评：后来又想方设法请人家吃饭……小伙子，有点远见好不好。）

9. 女儿从小就招人爱，特别会开导人。一次为了一件小事我不开心，机灵的女儿发现后马上劝慰我说：妈妈想开些，退一步海阔天空。还有一次，我和她爸闹了些小别扭，女儿先劝我，看效果不大，又跑过去劝她爸：老爸，妈妈跟着你来合肥，离自己的妈妈那么远，好可怜呀，你可不应该欺负妈妈。先生听女儿这么一说，主动向我认错。姥姥常夸她，说茜茜是个最懂事的好孩子。（老公点评：哈，看起来和妈妈亲，其实女儿从来都是为老爸着想。）

10. 小学的每次考试，如果成绩理想，女儿会在第一时间告诉我们分数，欢喜地拿着试卷要我签字；而如果成绩不好，她会支支吾吾地先报还不如她分数高的同学做铺垫，然后再慢悠悠地拿出试卷。小小的她知道采用迂回战略了。（老公点评：避重就轻。）

11. 家里买了新房，银行里贷了款，女儿知道后的改变比我们大。一日，带她去老师家上钢琴课。平时我们都是打的（出租车），我正准备招手打车，女儿说我们坐公交车吧。我想也好，时间足够。到了公交车站，本来想坐小公交车，票价一元，招手即停，很方便，但这种车不能使用月票。女儿说，我们还是坐大公交车吧，我有月票。我说好的。过了会儿女儿又说，妈妈，咱们走着去吧，反正路程也不远，这样你也不用花钱买票了，走路还锻炼身体了。哈哈，几次反复，可以看出女儿在乘车这件事上的心理变化，女儿开始有节约和为父母分担的意识啦，令人欣慰！（**老公点评：把人家的压岁钱都“骗”来了，说算“入股投资”了。**）

12. 女儿有天从幼儿园回家，高兴地拿出自己得的100分外加五角星写拼音的作业给我看，我很开心，把孩子搂在怀里亲了一下，表扬了她。停顿一下，我说：宝宝得了最高分，妈妈真为你高兴，不过要是卷面没有涂改就更好啦（一个拼音可能写错了，涂改处有些不干净）。女儿看了看说，是的，想好再写，不涂改最漂亮了。从那以后女儿写字很少再用橡皮涂擦了，连后来写作文都从不打草稿，想好了一气呵成，整洁的卷面每次得了不少的印象分呢。（**老公点评：好习惯从小养成，终生受益。**）

13. 记得女儿小学一二年级时，看图说话写不好，老师要求每篇不能少于百字，女儿多数只能写三十字左右，基本上就是看到什么，一二三记录下来而已。

一次老师说：许尔茜，听说你爸是作家，作家的孩子看图说话都写不好，让你爸好好辅导辅导你。女儿放学回家告诉了我们老师说的话。是呀，老师说得没错。先生听了这些话，暗暗发誓，一定要在短时期里提高女儿的看图说话水平。从那以后我们有意识地引导女儿，比如孩子的书包、铅笔盒、一件衣服、一双鞋子等身边的事物都让她表述出来，写出来。周末带着孩子去公园、郊外转转，回家要求她写篇游玩的小文章，写这次活动的经过和感受并及时给予指导。

暑假到了，先生和女儿一起去鸡笼山和大别山区、农家走访采风，收获最大的是女儿，那个阶段女儿写了整整两大本短小的实地观察文章。慢慢地孩子的词汇量增加了，思路打开了，也有素材了，看图说话训练水平提高很快，女儿再也不会为写不出文字而挨批了。三年级的教师节，女儿的一篇散文《献给老师的歌》，在《合肥晚报》发表，编辑老师给文章的评价是：真实感人，文笔流畅。

现在经常听一些家长诉苦说，孩子的作文差，没东西写。我总是毫无保留地把女儿的这段经历和大家分享，事实胜于雄辩，最有说服力。也有不少朋友建议我写写教育孩子的心得体会，我想以后我会写一些和孩子一起成长的历程。（**老公点评：要做有米之炊。**）

14. 女儿的小学作文里这样写道：我有一个严厉的妈妈、一个慈祥的爸爸。这就是我以前在孩子心目中留下的印象。没错，家庭教育中父母对孩子要有一个唱白脸的，一个唱红脸的。

我那时年轻，对孩子缺少耐心，女儿很怕我。懂事的女儿总是想办法让我高兴，用心学习，在家勤快，帮我做一些力所能及的事情。后来女儿说，是妈妈的严格要求才使我变得如此优秀，如果妈妈像现在这样天天乖宝宝地哄着，估计我不会这样出彩的。我相信，女儿说得很对。(老公点评：得罪人的事俺不做。)

15. 女儿从小学到高中的家长会我都亲自参加。会上认真记录各科老师对学生和家长的要求，会后单独和老师沟通交流，询问孩子在学校的表现及近来在班级里的成绩排名。回到家里我会逐一告之孩子，分析原因，有困难我们共同来努力，得到老师的表扬我们共同来庆祝。在家庭中我和女儿像朋友一样相处聊天，她碰到一些解不开的难题会主动告诉我，我会认真倾听，然后再真诚地告诉孩子：因为年龄的差异，处理问题的方式肯定有所不同，我的建议仅供你参考。女儿会认真听取我的建议，借鉴并活学活用，处理好让她纠结的事情。

我一直坚信：没有教育不好的孩子，只有不会教育孩子的家长。(老公点评：这是在用"心"教育孩子。)

16. 今年暑假女儿回来，说起小时候跟她老爸一起去逍遥津公园，想吃棉花糖老爸不让吃，自己坐在地上大哭的事，据说孩子的哭声还引来了一些家长对她老爸的指责。每每说到这些，先生总是有些内疚，一直说现在要是能再买到那样的棉花糖，一定要给女儿补上。

当时卖的棉花糖是缠绕在一根长长的棍子上，裸露在外面，再用小小的筷子般大小的棍子在棉花团上一绕绕成一小团，卖给小朋友吃的，看起来很不干净，可能考虑到这个原因，先生没有满足孩子的要求。棉花糖小朋友都喜欢吃，儿时的记忆让女儿一直耿耿于怀。其实吃一次我认为倒也无妨，又不是天天吃。带孩子出去玩，虽不要事事都无原则地满足，但也不能阻碍孩子享受小世界里的童心童趣啊。（**老公点评：被数落几十年了……**）

17. 都说儿子要穷养，女儿要富养。富养可不能对孩子娇生惯养，尤其是女孩在初中阶段，盲目地追求高大上的富养方式，我认为会影响孩子世界观的形成，会对学习产生一些消极因素，也会无端给孩子引来一些不必要的麻烦。

女儿从小学到高中基本上都是穿校服上学的，我很少给孩子买新衣服。记得一同事曾说，你家又不是没有条件，为什么不给女儿买些漂亮的衣服穿呢？我笑笑说，现在让孩子穿校服，挺好的，朴素大众化，至少不会过早地有男孩子来打扰她，不会让孩子在学习上分心。初中阶段就是专心学习的时候，在我国的高考体制下，首先要先有大学这块敲门砖才行。试想一下，孩子天天打扮得花枝招展的，小小的年纪，自控力差，又有些爱美的意识，能不影响学习吗？

我不知道别人家女孩子的教育方式如何，反正我的这套自以为很管用。直到高三女儿用商量的口吻说想把头发留起来，我同意了。以前女儿都是短短的发型，有一次我们上公共厕所，看门的老人对着女儿说，这么大的孩子要去男厕所了。

女儿上大学后，富养女儿的理念在我这才真正派上了用场。我带女儿买时尚新衣，去发廊烫当时流行的离子烫，本来黑亮顺滑的头发更加飘逸了，女儿这才发现原来自己也很美呀。我这样做自有道理的，让孩子在大学里增强自信，穿戴讲究气质佳，自然会淘汰一些追求者。我曾经和家有女儿的朋友聊过，富养女儿是要分阶段实施的，大家都很赞同我的观点。（老公点评：有道理的。）

18. 家里买了楼上楼下跃层的新房，女儿虽然高中的功课比较紧，还很热心参与装修设计。每天完成作业后很晚才能休息的她，只有躺到床上睡觉时才有时间好好想想这事。

一天女儿说，每次我只能设想到一层房子的楼梯处装修后的样子就睡着了，楼上都没有时间想。她爸告诉她说，宝宝，下次你就从楼上开始想，再想到这层的楼梯处就上下接上了。女儿一听，是呀，我怎么没有想到呢！嘿嘿。（老公点评：生活的情趣。）

19. 高中文理分班，女儿爱好文学，选的是文科，可地理一直是她的弱项。她爸精通地理，为了尽快把女儿的地理功课赶上去，高一暑假他制订计划，帮助女儿复习地理，让她先看一章内容后由他来提问回答，这样有利于牢记知识点。

第一次提问他们进行了两个多小时，我在书房外听到里面在争吵，女儿说没有你这样问问题的，光挑书后带星字内容提问。星字一般只需要了解一下，不是重点，女儿可能并没有关注这些，她爸却坚持只要在书上的内容都应该掌握。他们争来争去的，最后女儿气呼呼地冲出书房说，要是你这样所谓的辅导，我不学了。我一看不妙，赶快过来调解。从那以后我发现女儿开始自学地理，每天花在地理上的学习时间最长，亲手画的地图就有几十页纸，再一个个标出山脉、河流等，攻克一个个难关，成绩突飞猛进。一份付出，一份收获，女儿高考时地理只扣了两分。真是验证了那句：世上无难事，只要肯登攀！（老公点评：哈，歪打正着。）

20. 女儿从小就喜欢唱歌跳舞，记得 3 岁那年，我们准备用春节孩子的压岁钱买台电子琴，哪想路上钱被小偷偷去了，琴也没买成。

女儿 4 岁那年，我们举家迁入合肥。小学一年级时，花了 298 元买了一台“雅马哈”电子琴。每到周末我骑着自行车带孩子去学琴，女儿乐感好，节拍准，在班里学习最好，每次都受到老师的表扬。老师对我说，孩子具有音乐天赋，买台钢琴吧。我说我们两个大人都不懂音乐，买了钢琴如果孩子不想学了，钢琴就没有用处了，再说弹钢琴应该是从小练就的童子功，现在学可能迟了。老师执意鼓励我们买钢琴，说某某钢琴家 11 岁才学习，照样成才，女儿也非常想学钢琴。于是在女儿 10 周岁时，作为生日礼物，我们从合肥百货大楼花了9800元买了一台“珠江牌”钢琴送给女儿，这在1994年算是家庭的一笔巨资了。

钢琴买回家女儿爱不释手，有时间就打开琴盖弹弹琴。我们为女儿请了合肥最好的钢琴老师，每周一次学习，一直学习了七年没有间断，每课时的学费从开始的20元涨到后来的200元。女儿考级是中央音乐学院，钢琴考级八级优秀，最高为九级，因为高三学习太紧张了而停止了学习和考级。学琴期间，女儿多次为学校的大合唱队伴奏曲子，参加过广场演出，既锻炼了胆量，又增强了自信。

我们让孩子学习钢琴的目的很简单，就是陶冶情操，业余爱好。学钢琴脚手配合，可以协调四肢，有利于大脑发育，女儿的数学成绩一直很好，可能是和长期练琴有关系的，同时音乐是世界上最没有沟通障碍的美丽语言。在众多钢琴曲目中，女儿最喜欢弹肖邦的曲子，也最崇拜这位才华横溢的波兰作曲家和钢琴家，现在我们家肖邦钢琴曲的碟片有满满的一抽屉。只要是肖邦的钢琴曲我们都会毫不犹豫地买下。有一次她爸去浙江宁波出差，在新华书店里花了500元买了一套肖邦钢琴曲，当时的售货员惊讶不已，这套碟几年都没卖掉一套，说他一定是个大老板呢。我同学公派去德国，回来也给女儿带回一盒肖邦钢琴曲。因为肖邦是波兰人，女儿竟就超喜欢蓝色，女儿喜欢肖邦到了如痴如醉的地步，完全可以和现在的狂热追星族有一拼。

有段时间，女儿只爱听古典钢琴曲，流行歌曲完全排除在外，我有些顾虑了，请钢琴老师和她谈谈。老师说，喜爱钢琴曲，也要尊重流行歌曲,毕竟喜欢流行音乐的人群是大多数。老师的话一句顶我们一万句,女儿慢慢试着接受一些流行歌曲。青春期的孩子一点违反常规的表现,家长都应该重视,要沟通疏导,发现问题及时解决问题,切不可掉以轻心。

现在女儿有了宝宝,他们在美国的家里也买了一台钢琴,自己教授孩子学琴,这是一个良好的循环。(老公点评:有趣的回忆。)

21. 2001 年 7 月 10 日,星期二,晴到多云,温度 29—37 度。一年一度的高考结束了,还有整整一年的时间女儿也要参加高考了,我该怎样配合孩子学习呢?

今天读《恋爱 婚姻 家庭》杂志中的一篇文字很受启发,文章中的主人公有三个女儿,个个考取了名牌大学:清华大学、北京大学和中国人民大学。这位成功母亲的经验就是从小培养孩子的学习兴趣;关心孩子的生活,自己一直陪着孩子进步。

从今天开始,为了迎接明年的高考,全家总动员,倒计时开始。我的任务是检查、监督学习,同时耐心、细致地做好后勤保障工作,使孩子有个良好的学习氛围。平日里我多接触些家有高考生的父母,向其取经学习;搜集有关考试信息,提供给孩子;把考试可能用上的名言名句和需要背诵的知识点打印出来,每天发给孩子几条,利用零散的时间(如上学坐车的路上)反复记忆;遇到好的文章及重大的时事政治,我会留下来在孩子休息或吃饭时读给她听,有所了解即可,让孩子精力集中用在文化课的复习中,起到事半功倍的效果。生活中要多留心正值青春期女儿情绪上的细小变化，帮助孩子把握好人生的关键一步。我们奋斗、努力，为青春，不留遗憾！（老公点评：积极配合，服从安排。）

22. 2001年7月16日，星期一，多云，温度29—35度。周五也就是13日晚上10点，获悉北京申奥成功，举国欢庆，今夜无眠。北京将永远记住这一刻，历史将永远记住这一刻，明年的高考生更要记住这一刻。这几天我一直收集有关报道，高考的作文或政治试卷上一定会出现和申奥相关的高分值试题。

早上，女儿说牙齿有些疼，带她到西市区医院。我同学是那里的牙科医生，检查发现不是牙齿的问题，是口腔溃疡，上了一些药，放心了，过两天就好了。我现在的工作重心就是围绕着高考，一定要当好家庭的后勤部长。闲暇时读的书不是《作文通讯》，就是《半月谈》或《中学生阅读》《语数外学习》等，扩大自己的知识面，以便给孩子提供更多的帮助。（老公点评：与孩子共同学习，共同进步。）

23. 2001年7月17日，星期二，晴，温度29—35度。晚饭时，许辉在饭桌上批评孩子，我多次强调过，吃饭时不要吵孩子，这样孩子吃下去的都是气食，对身心健康都有影响，很不好。是的，现在的孩子确实难教育，独生子女养成的任性、娇惯，要以耐心说教为主，况且许尔茜也算是个好孩子，学习有计划，知道用功了，但高考的紧张摆在那里，孩子的压力大，我们不能对她要求太高，否则有害无益。

这个时候我们做家长的对待孩子更要耐心，耐心，再耐心。（**老公点评：有时忍不住就做错了事。**）

24. 高三开学的两次数学测验，女儿都是全班第一，开局不错。安排好孩子的衣食住行，让她无后顾之忧，每晚10点的央视新闻，女儿中途休息，正好观看一下，时事政治需要了解，它的分值比例还是挺高的。营养方面，每天含一片西洋参补充能量，每周一次甲鱼或老母鸡汤，增强体质。（**老公点评：俺原来喜欢吃鱼，现在只能吃剩鱼骨头了。**）

25. 2002年6月18日，星期二，晴，女儿的高考倒计时19天。高考的日子一天天逼近，家长和孩子的压力都在增大，尤其是女儿，昨晚她有些烦躁，对我发了一通无名火，起因是晚饭迟了。我很委屈，伤心地流泪。后来，女儿意识到了自己的不对，主动跑到我跟前向我道歉，看到孩子诚挚的眼神，我原谅了她。

学校的复习按部就班，老师最后就是把基本知识再梳理一下，照顾大多数同学。女儿想请假在家自主学习，我给班主任打电话，班主任李老师爽快地同意了。真是太好啦，这样可免去每天往返学校的路程，节约了时间。最后冲刺阶段，开始调整孩子的高考生物钟，提高效率是考试的法宝。（**老公点评：家中最大的事情。**）

26. 2002年6月28日，星期五，多云，倒计时9天。女儿有些发烧,我心急如焚,请假在家照顾。人在压力大时,生病发烧是身体的一种本能,是自我保护方式之一,强迫你要停下来了,该歇歇啦。我让女儿把复习放一放,放松放松自己。调节一下绷紧的大脑神经后,学习才能事半功倍。(**老公点评:还要讲究科学规律。**)

27. 2002 年 7 月 8 日,多云,气温不高,高考终于结束了。女儿感觉不错,考试一结束,全家直奔饭店,好好享用一次轻松的晚餐。(**老公点评:放飞下心情。**)

28. 女儿高考的第一志愿落选,被第二志愿安徽大学的对外汉语专业录取。有老师建议不如复读一年再考,女儿举棋不定。我是持反对意见的,我觉得读高四的变数很大,同时也不想和孩子一起再煎熬一年了。本科在家门口最好了,孩子小,离家很远还真有些不放心呢,再说了,本科后报考更好学校的研究生岂不更好!

大学四年,女儿没有半点放松,每学期都获得奖学金,她的目标是考取国内所学专业的最好学校的研究生。有目标就要实现它。女儿在一、二年级把应考的证书一一考取,比如,计算机证书、英语证书、普通话证书等等,这是硬件,必须先拿到手。

三年级开始了考研的复习。寒暑假主动要求到合肥市图书馆看书学习,女儿说:在那里学习有氛围。那时女儿每天很早就到图书馆排队,一开门就跑去自习室抢位子,非常勤奋。一天女儿告诉我说,系里领导通知,学校保送她上本校的研究生,我一听开心得不得了，遥想有一天自己漫步在女儿任教的大学里，多爽呀。美梦刚开始做，女儿来信息说打算放弃保研，考梦想中的“小联合国”——北京语言大学。

我支持孩子的决定。考研说着容易，做着难。研究生考试录取，不像高考是总分达线即可，它不光是总分要够，单科成绩也要达到国家线才能进入第一关；接下来要等你所报考的学校划分的分数线，达线后才能参加学校的复试，再淘汰一部分后最终录取。

那年，女儿所报的北京语言大学研究生分数线迟迟未公布，女儿开始不安起来，一向开朗活泼的她变得沉默了许多，甚至把已丢弃的书本又找了出来，准备再战。女儿当初放弃了学校的保研，如果这次考不上研究生，她所承受的来自各方面的压力是我们所想不到的。看着焦急不安的女儿，我们束手无策，只能给予安慰。

我每天关注学校网站发布的消息，终于看到了学校的复试名单上女儿的名字，那一刻，激动的泪水瞬间溢满眼眶。第一时间向女儿报喜，开始女儿不相信，以为是我宽慰她的，当确定后，女儿高呼：“万岁！”

复试一周后进行，我先去北京，把在阜成门刚买的房子布置一下，女儿到北京就可以入住。一天的时间置办齐了锅碗瓢盆和家具铺盖，有模有样的一个新家建了起来。不过女儿复试的那两天，我们还是住在学校门口的宾馆里，省时又方便。

女儿最后以各科平均88分的复试成绩考取了北京语言大学的硕士研究生。可喜可贺！（老公点评：真不容易！不过太容易了以后可能就不太容易了。)

29. 2006年9月8日,北京多云转小雨。女儿如愿以偿踏进了自己梦想的"小联合国"——北京语言大学。北京语言大学的对外汉语专业是国内最好的,按照女儿的话说,它也是世界上最好的。今天是开学报到的日子,许辉陪着她顺利地办好入学手续,学校给每位学生免费提供了手机卡,女儿打电话向我汇报那里的一切。

在首都,在北语,女儿开始了为期三年的研究生学习和生活。女儿告诉我说,学校环境不错,绿树成荫,三人一间套房,寝室的隔壁是学生的活动室,超大的电视屏幕可以收看到全球的电视频道,北语的学生来自世界各地,他们不远万里来到这里学习汉语,学习中国文化。当晚,院领导一行看望新生,和同学们合影留念,其中外院的院长是咱们安徽安庆人,女儿很兴奋,没想到自己在这里遇到了老乡,感觉格外亲切。(老公点评:恭喜,新生活开始啦!)

30. 开学不久,女儿打印了一份家教小广告,A4纸上印有自己的简单介绍和电话号码,裁成一条条贴在寝室楼的门口,供有需要的学生撕走一条电话号码以便联系。北京语言大学里多数都是留学生,有的汉语基础不好的学生需要课外辅导。

女儿是早上上学时贴上的纸条,中午放学发现纸条不见了,心想一定被人揭掉丢弃了,心里稍微有些失落。中午又打印了一份,准备下午上学顺便再贴在楼门口,这时手机响了,电话那头是一位说半英语、半中文的学生，艰难表述着，大概意思是：想请女儿做他的中文老师，看到女儿的介绍，怕这么好的老师先被别人请去了，所以把整张纸条都揭走了。女儿告诉我这些时，我觉得这个学生真的是又可爱又可笑。

在最短的时间里，找到了一份家教。女儿说，带家教并不完全是为了挣钱，而是想通过外教来练习、提高自己的英语口语水平。(老公点评：渐渐成长……)

31. 今年国庆节，本来我是打算回老家参加母校宿城一中建校100周年校庆会的，许辉和女儿则想让我去北京，这是女儿读研的第一个国庆节，想想还是决定到北京陪他们爷俩过节去。

昨晚(2006年9月14日)宿州发生2.6级地震，很担心家乡的亲人们，赶快给老家的妈妈打电话，家里一切都好，我也放心啦。

这次去北京我想尽可能多带些东西，那边的家刚建好，还需要配置一些铺盖用品。国庆的火车票一定很紧张的，听说提前十天预售票，在日历上做上重点记号。去北京，家里的花花草草和小乌龟需要有人照顾，本来打算给外甥奔奔打电话，请他过来帮忙的，正好老家的最小的姐姐想来合肥看望上学的儿子，他们住在家里更方便了，真希望合肥的国庆节期间下雨，省得浇花了。

朋友的女儿在北京读研，想让我带双长筒皮靴给她女儿，虽然自己的行李多得不能再多了，但朋友之托，必当完成。去火车站把行李快运北京，省事省力，一切准备停当，27号启程去北京。(老公点评：和女儿在北京团聚，有意义。）

32. 一别十九年，国庆全家重游首都，天安门、故宫、后海、长城等地，一番感触，想当年带着3岁的女儿第一次来北京的情景还历历在目。

记得那次抱着女儿参观毛主席纪念堂，女儿小声说了句："爷爷睡着了。"今天我提议再去参观纪念堂，寄存相机和包包，手持一枝白菊花，跟着长长的队伍缓慢地步入大厅，瞻仰毛主席遗容。七天的小长假，秋高气爽，人们的游兴大增，国庆的北京，人山人海，好不热闹。

北京的牛羊肉好吃又便宜，我每天变着花样做大餐，按照北京人的说法叫贴秋膘。我们去女儿的学校，到寝室转转，三人一间套房，有洗漱的卫生间，电脑桌、网线、每人一组柜子，每层楼都有微波炉、开水间、娱乐活动场所，生活很方便；整洁的校园，林荫小路弯弯曲曲，很幽静，很有学术氛围。孩子在这样的环境里学习和生活很惬意，我也很放心。

10月6日，恰逢中秋节，全家一大早坐火车去天津二姐家过节，中午姐夫做了满满一大桌各种海鲜餐。天津是海港城市，海鲜便宜品种多，姐夫又是美食家兼大厨，吃海鲜，品美味，大家欢聚一堂，返回时他们还送了天津的狗不理包子、大虾、麻花等，快乐的中秋佳节，其乐融融。

欢乐的日子总是过得很快，一转眼十天的北京之行就要结束了，真舍不得离开。女儿和老公在这里，觉得这里才是家，合肥那边显得冷清多了。（老公点评：那时北京天很蓝，不堵车。）

33.8号早上6:30回到合肥。这些天我最小的姐姐把家里打扫得非常干净，冰箱里还做了两个菜留给我，亲姐妹就是不一样。嘿嘿！

“听雨花园”里的枣树上又结了不少的果子，这是枣树今年的第二次结果。俗话说：“七月十五红个腚，八月十五打个净”，现在已是10月中旬了，枣树还能一年结两次？好像还是头回呢。去北京之前，枣子还小小的，我以为是春天遗留的迟些的枣花结的果实，估计成不了气候，没想到这么快就长大成熟了，大概前后不到一个月。摘一个尝尝又脆又甜，和目前市场上的冬枣差不多。春夏的枣虽然个头大，但吃到嘴里木木的，淡淡的味道，远没有这茬小枣的口感佳。

今年刚孵出的小乌龟硬朗了许多，似乎也长大了些，放在盘子里可以自由地爬进爬出了，它们快冬眠了，要多多地补充能量，保障自身安全越冬。秋越发深了，园子里的花草和菜们该重新整理更新了。（老公点评：小鸟离巢了，新生活也开始了。）

34.2006年11月21日，合肥8—13度，北京最低气温零下2度。女儿打电话说，寒假不回合肥了，到新东方兼职，春节只放三天假。我决定今年春节全家在北京过年，那里有暖气，冬天暖和，也好陪陪女儿。(老公点评:跟着女儿转悠。)

35. 年终单位评选,我当选先进工作者,过些日子单位组织免费去海南旅游,很高兴。新年股市开门红,俺两天赚了不少银子,同事夸我是挂篮高手,女儿把这学期兼职挣来的8000元钱也转给了我,要入股分红呢,哈哈。许辉近日要回合肥开省政协会议。(老公点评:哈,开心!)

36. 女儿在研一时,带了不少国家的学生,美国的、日本的、韩国的等等。每次教学一般都是应学生之邀,在北京语言大学校园里的他们国家的小餐厅(学校里有各个国家的小餐厅,也是他们在异国聚会的地方)或咖啡厅里学习,因此女儿也品尝到了不同国家的美食,同时快速提升了自己的口语表达能力。

慢慢地女儿不再满足一对一教学,先是通过学校的汉语进修学院面试,取得了带大课(一个班级学生的课)的资格,签了合同,每周10小时,收入1400元。后又参加了清华大学的三轮考试和面试,以第一名的优异成绩,应聘到清华的对外汉语班教学,利用课余时间教授那里的大班课。因为生动活泼的教学,女儿深受外籍学生的欢迎,清华的领导听过女儿讲课后也是直夸赞呢。在清华代了一学期的课后,领导决定让她负责期末对外汉语试卷的出题工作。那天女儿打电话告诉我,说教研室里有的老师头发都白了,自己怎么好意思布置这些老师出题并审核他们的试卷呢?我们沟通了半天,我相信她能够处理好的。

外籍班里的学生中，有亚洲的、欧洲的、美洲的、非洲的、澳洲的，不同的国家，不同的肤色，还有一些是服过兵役后出来留学的，年龄悬殊很大。女儿说，开始她明显地感觉到黑人学生的自卑感，她在课堂上会刻意地用欣赏的眼神和他们交流，使这些学生慢慢地变得自信起来，上课认真听课，积极举手回答老师的提问，特别敬重眼前这位漂亮的小老师。

女儿说，除了教学，她不和学生交流自己的生活，老师和学生还是要保持一定距离的。外籍学生单纯、可爱，女儿会经常给我讲一些学生们的趣闻。一次在课堂上，讨论一个问题，有同学举手说："老师，听说中国的大学生，虽然父母对他们要求很严，不许谈恋爱，但大学生在外租房同居的却很多，您是什么情况呢（女儿感到全班同学都屏住呼吸，似乎期待着八卦新闻）？"女儿严肃地说："老师在北京有房子。"用不必租房的回答，偷换概念，回避了问题。同学们"啊"声一片，赞叹不绝，那个提问的学生伸了伸舌头，调皮地一笑。

还有一次，一个欧洲男孩，高高的个头，深蓝色的眼睛，很帅气的小伙，下课后走向正在收拾书本的女儿，忧郁地说："老师，我失恋了，这些天心里很难受。"女儿这时随手翻开讲台上的一本书，书中有一句话，"放弃一棵树会得到一片森林"，女儿解释了这句话的大概意思，那个高个男孩马上心领神会，立刻开心起来说："老师，你医治好了我的失恋，我看到了森林……"

又一次，女儿刚走进教室，发现大家七嘴八舌激烈地争辩问题：

台湾是一个国家，不然怎么会有总统呢？女儿说：“同学们，现在上课，告诉大家，台湾是中国的一部分，台湾省如同北京市、安徽省、江苏省一样，是中国的一个省。”短简的回答，清晰明了。女儿说：“我不和学生讲政治，但该声明的还是要说清楚的。”

女儿的一个同学，讲述自己受到所带班级外籍学生的奚落，说外籍学生看不起中文老师，不尊重她，有一次差点和一个学生打了起来。据我所知，女儿从没有碰到过这种情况，相反学生都非常敬重她、爱戴她。有一次过西节，全班同学 AA 制买了一束鲜花送给她，邀请老师共度圣诞节，大家相处得非常友好。（**老公点评：嗯，智慧，有底线。为女儿点个赞！**）

37. 暑假，欧美的学生一行 30 多人来北语学习汉语和中国文化，女儿和学校的一位老师共同负责教学，从去机场接机开始。一周 10 节课，每天上午两节。第一天两节课后，学生非常喜欢女儿的授课，记住了老师所讲的知识点，下课学生齐声诚挚地说：“谢谢老师！”

这些学生来中国不光是学习汉语，期间还游览了首都北京的名胜古迹，去国图音乐厅听音乐会，举办招待会。招待会上学生身着晚礼服尽情地交流，畅谈，女儿跟他们狂练了一晚的英语，收获不小呢！

研一学年期末女儿拿到了学校的优秀研究生奖学金，惊喜！（**老公点评：孩子慢慢长大啦！**）

38. 女儿发来信息说，今天竞选学校研究生会文艺部部长，她以一票之差当选为副部长，呜呜呜，有些郁闷，现在校园散步散心呢。

国家汉办要公派一批对外汉语的优秀研究生前往泰国、澳大利亚、韩国等国家教授汉语。公开考试选拔，亚洲国家录取人数多；澳大利亚只招 7 人，竞争最激烈，而且对女生的身高也有要求（女性身高 170 厘米以上）。女儿想选报澳大利亚，因为可以多多学习英语，虽然身高没有达到要求，还是想试一试，袋鼠之国也值得一看。

得知这一消息时，我们正在杭州灵隐寺旁的中国作家协会创作之家度假，那天中午正好在鲁迅故乡绍兴的孔乙己酒馆里喝着绍兴红酒，吃着茴香豆。绍兴红酒口感好，但后劲大，我有些醉意朦胧地回复了短信（根本没有看到信息里对身高的要求）：挺好的机会，宝宝报名参与一下吧！

面试后，一点消息都没有，可能是女儿的身高没有达到标准，我有些后悔那天没看清楚要求，鼓励女儿报名。过了很久，大家似乎都淡忘了这件事，突然有天午休时间，女儿打来电话，激动地告诉我们，她接到了录取通知，明年元月份赴澳大利亚的墨尔本教学一年。女儿说，太意外了，自己都不敢相信是真的，墨尔本是这次竞争最激烈的城市。那一刻我们真的很开心，为女儿终于获得这样的机会而高兴。女儿猜想，自己的身高虽然没有达到要求的标准，但综合素质优秀，精通钢琴和二胡应该起到了一定的作用，尤其是会拉二胡，二胡是中国的民族乐器。

接下来选拔出的公派人员集中封闭式训练半个月，包吃住。主要学习书法、剪纸、太极拳等,以便到对方国家更好地传播具有中国特色的传统文化,早晚还进行长跑训练。太极拳教练是国家级的优秀运动员,通过考试女儿拥有了一张太极拳学习证书。很是自豪呢!结业汇报演出,女儿主持的晚会非常成功,她还和同学一起演唱了家乡的黄梅戏《夫妻双双把家还》,赢得了阵阵掌声。因为女儿在晚会上的出色表现,国家汉办特地奖励了她一个优盘。

汉办为女儿他们办理好一切手续,护照是访问学者签证,订好了来回的机票,发了半年的零用钱6000美元、1000美元的安家费和购置行李箱的专款,剩余的半年零用钱回国以后再支付。我在合肥买了一大一小两个旅行箱送到北京。天津的二姨也赶到北京为孩子出国送行。女儿的研究生导师打来电话,叮嘱许尔茜在外要照顾好自己,安全第一,平安归来。我帮孩子收拾行李,买了转换插座,澳大利亚的电压需要转换才能使用。机票上注明行李可带30公斤,需要一年四季的衣物还要带一些工具书,装了满满一大箱,家里没有秤称量,我到街上超市里搬了一袋25公斤的大米感觉一下重量,回家打包好行李箱,到机场一称,30.06公斤,我都佩服自己的估量,正好在浮动范围内,女儿安检后夸赞我,妈妈真是太厉害啦。我想这就是母爱的力量吧!(老公点评:越飞越远啦。)

39. 女儿第一次出国门,先从北京到上海,再从上海转机去澳大利亚的墨尔本,13个小时的长途飞行,我的心总是平静不下来。飞机终于平安抵达墨尔本,中国教育部汉办派人陪同,中国驻澳大利亚大使馆的官员去机场迎接了她们一行，先安排住下，房间有两部电话，让每人给家里打电话报平安，想得真周到。使馆官员说，7位外派人员是中国政府派来的，要求澳大利亚政府一定要保护她们的人身安全(这次去的7人都是女孩)，照顾好她们，每月安排同去的7人聚会一次（大家不在同一城市里)，减少她们的思乡之情。女儿所在的学校是墨尔本一所公立学校，系里加上女儿共有两名中国教师，另外一位教师来得早一些，她们元旦在北京见过一面。

在澳大利亚过生日

我去大钟楼邮局开通了国际长途，安装了宽带，视频聊天方便了。女儿想让我们去澳大利亚探亲，因为工作或办理签证手续繁多，没能去成。2月10日是女儿的生日，学校校长和同事们买了蛋糕给她过生日，女儿很开心，发了一些过生日的照片过来，看到孩子高兴，我们也就放心了。春节女儿他们一行7人被邀请到大使馆吃饺子，大家一起过了一个意义非凡的大年三十。(**老公点评:在家靠父母,出门靠国家。**)

40. 校长问许尔茜,每周给你150澳元补助费怎么样?女儿客气了一下说,这么多呀。校长马上说,多了?那给你75澳元吧。女儿在视频中还在为此后悔呢,国情不一样,在国内客气一下是正常的,可在那里好像没有客气之说,你自己都嫌多那就减少一些吧,很直接。女儿说吃亏了,在这里以后再也不会瞎客气了。哈哈。(**老公点评:哈,学了一招。**)

41. 2008年3月20日,晴,温度9—19度。女儿到澳大利亚两个月了,我感觉好漫长,好漫长。女儿已经适应了那里的环境,平时她比较忙,只有周六、周日才有时间视频。我们两地的季节正好相反,现在那边40度的高温,每天自己要洗衣服、学做饭,真的很辛苦。三人合租的公寓,都是年轻人,下班很热闹,不孤

在澳大利亚布利斯黄金海岸

单,还可以跟着人家学习做饭。

女儿说月底学校放假,她们 7 人一起旅游去。这次去澳大利亚的 7 人中,有一位还是她大学同寝室的好友刘晨,世界说来也小吧,真巧啊。(**老公点评:相互有照应啦。**)

42. 澳大利亚那边的学校放秋假了,女儿她们一行 7 人第一次外出旅游。塔斯马尼亚的一个古镇,那里有天主教堂和基督教堂,女儿发来信息询问姥姥信的是什么教?给爸妈寄了当地的明信片呢。收到孩子发来的越洋信息,我激动万分,赶快回信:宝宝在外要注意安全,不要单独行动,听导游的话,照顾好自己啦。她爸也激动地给女儿回了一个信息:宝宝好好游玩吧,俺组织主持的作家江南采风活动刚结束回家,又去磨店买了辣椒秧在花园里栽上,宝宝不要回信啦。女儿回信:老爸真乖呀,俺没忍住还是回信啦,俺在塔斯马尼亚给老爸买了个好漂亮的书签,用当地的一种很名贵的木材做的,送给老爸最好啦。女儿离开家越走越远,我发现她也越来越懂事,知道体贴父母了。(**老公点评:孩子长大啦!**)

43. 4 月 20 日,今天是我的生日。女儿发来信息:我最最亲爱的妈妈,生日快乐啊!女儿很想您,很爱您!!祝妈妈天天开心快乐,青春永驻!!!看到女儿祝福的信息,我早已泪流满面,是激动,是担心,是思念,更多的是期盼。真是儿行千里母担心呀!(**老公点评:女儿懂事啦!**)

44. 5 月 11 日，母亲节。一大早就收到女儿发来的信息：我最最亲爱的妈咪，母亲节快乐！您是世界上最伟大的妈咪，感谢妈咪对我无微不至的爱。女儿爱您！我回信：俺真高兴，谢谢宝宝第一时间在母亲节给我的祝福。也祝宝宝开心快乐每一天。爸妈永远爱你！（老公点评：妈妈的节日真多！）

45. 女儿开始想家了，学校 9 月 30 日至 10 月 18 日要带部分学生来中国访问。女儿得知消息后，跑到校长室要求回国担任翻译工作，校长说不回国可以发 1000—2000 澳元让她在澳洲自由行，女儿表示还是想跟团回国，几番请求，校长终于同意。访问路线：北京—西安—上海—周庄—苏州。虽然不能回到合肥的家中，毕竟孩子回到了国内，心里感觉上踏实了许多。他们最后一站是苏州，我 13 号乘动车去苏州看望女儿，赠送了两本许辉刚出版的新书《和自己的心情单独在一起》给学校校长。因为孩子要工作，见个面就可以了，不能占用她过多的时间。次日返回。（老公点评：见到宝贝女儿一定爽吧！）

46. 还有两个月女儿就要结束为期一年的交流回国了，倒计时开始啦！18 号她回到墨尔本后住到一个学生的家里，这是一个四口之家，一儿一女，男孩是女儿的学生，憨厚实在的样子，很可爱的一个小朋友。女儿不想总住在一个地方，她想多接触一些外国人，了解他们的工作、学习和家庭生活。(老公点评:多体验体验,生活丰富多彩。)

47. 女儿她们即将离开澳大利亚,几个孩子一起去悉尼游玩。悉尼歌剧院闻名世界,女儿在悉尼歌剧院寄的明信片收到了,每次收到孩子不远万里寄来的明信片,心情都格外激动。我拿给同事们看,都说还是女儿好,多贴心呀,写得好感人啦。女儿还有十天就可以回来了,真盼望时光快些走。她们今天去大使馆聚会,欢送她们回国。(老公点评:哈,取得了阶段性胜利!)

48. 2008 年 12 月 15 日,女儿出色完成了此次教学任务,胜利回国了。飞机先到上海,再从上海转机北京,他们要回北京签到。我和刘晨的妈妈从合肥坐动车赶往上海浦东机场,想提前两天见到孩子。当看到女儿从国际航班的出口出现时,我按捺不住内心的激动,热泪盈眶,跑上前去拥抱女儿。一年来,孩子在异国他乡,对她是锻炼和考验,对我来说是漫长的等待。转机需要等几个小时,大家在机场聊天说笑,我拿出手机给其他同学,让孩子们赶快给家里打电话报平安。直到把孩子们送上飞机,两个疯狂的妈妈才返回合肥。(老公点评:母爱来了挡不住!)

49. 许尔茜的老家、江苏泗洪县梅花乡政府发来邮件:“十分感谢,请您将许尔茜的简历及在澳洲校园照片传一张。许尔茜将作为青少年励志的榜样，列入文博园的人才榜。”这是梅花乡赵书记的信件。梅花乡非常重视人才，重视对下一代的教育和培养，他们把自己家乡的研究生以上学历或出众拔尖的人，都以图片和文字的方式展示在乡文博园里，激励青少年好好学习，将来成为有志青年。许辉和许尔茜都进入了梅花乡文博园的人才榜。（**老公点评：老家有才华的人很多。**）

50. 2009年3月8日，女儿发来的信息好有意思，内容如下：这几天公安局疯啦，正在通缉美女，不太漂亮的判5年，漂亮的判10年，非常漂亮的判20年，您先躲躲，像您这样的基本上要判个无期！哈哈哈。祝妈妈每天好心情，天天都美丽。三八节快乐！（**老公点评：哈，节日快乐！**）

51. 女儿回国后，研三的她首要的任务就是完成毕业论文，论文的截止日是4月20日，我生日那天，所以我清楚地记得。

一般学生都会提前差不多一年的时间开始准备论文，女儿因为在澳大利亚教学，直到元月中旬回校才开始。时间紧，任务重，同时又面临毕业找工作，辛苦是可想而知的。这段时间我尽量少打扰她，她在北京虽然不在我身边，但比在澳大利亚心里踏实多了，在国外的一年，每天揪着心地担心和牵挂着孩子，觉得自己一下苍老了许多。

实习阶段，女儿应聘到电视台做一档节目的文字编辑工作。电视台工作忙，几乎没有节假日，有时很晚刚到家，又会因为一个地方需要改动再去台里，或把稿子带回来写，工作不是一般的累，再加上近期还要完成论文，孩子有些吃不消。我看在眼里，疼在心上，我多次劝她不要做了，女儿一直坚持着。我知道做什么事都不容易，让她体验一下也好，可以锻炼自身的意志。

交论文的日子一天天地逼近，导师为了照顾她，推迟到了月底。女儿夜以继日工作、改写论文，身体吃不消，头晕，我咨询了医生，应该是严重的睡眠不足和贫血造成的。我不放心，赶往北京，做些营养餐，天天红枣花生粥，菠菜猪肝汤等，孩子回家不必再为吃什么发愁了，女儿说吃上妈妈做的可口饭菜，感觉特别幸福。

我闲来无事看看电视剧，当时正在播放电视剧《我的青春谁做主》，青春励志剧很好看，王珞丹把精灵古怪的钱小样演绎得活灵活现。我曾经看到过一篇报道，讲王珞丹是内蒙古人，普通话说不好，自己经过六个月的语言强化学习，终于能说一口像样的普通话了。

电视台的工作依旧忙碌个不停。有天已是深夜快 12 点了，台里又打电话说节目稿需要改动，必须赶快赶到电视台，女儿累得实在起不来，我心疼不已，这样下去不但论文完成不了，身体也会拖垮的，半夜打电话向许辉请教，想听听他的建议。女儿说电视台的工作生活不规律，好像也不太喜欢这里的工作，自己以后还是想当老师或上行政班。许辉说，既然这么不喜欢，不如不要继续做了。我们家碰到一些需要做决定的事情，都是采取民主集中制。于是，女儿向电视台辞了职。（**老公点评：这段时间一直在过渡和摸索中。**）

52. 辞职后，女儿抓紧改写论文，终于在导师规定的最后期限，完成了硕士研究生学位论文：《留学生“V 着(zhe)”的习得研究》。当女儿把 74 页厚的论文交到导师手里的同时，自己晕倒在桌边，可把导师吓了一跳，赶快给她倒了一杯水。可能是因为没吃早饭再加上日夜赶稿的缘故吧？（老公点评：工作强度有点大啊。）

53. 论文答辩那天，听女儿说，邢老师眼里是含着泪水描述了许尔茜交论文晕倒时的情景。来自北京各大高校的评审专家参加了论文答辩，有的老师说，像许尔茜这样厚重的论文，直接读博士都绰绰有余了。女儿的论文答辩优秀！毕业啦！论文后被导师邢红兵老师编入 2011 年精选论文集《汉语作为第二语言习得的认知探索》。

以前我曾听说，论文好写，什么网上查资料三分之一，节选抄录同类型论文三分之一，自己的发挥和总结三分之一，但真正有质量、有水平的原创论文少之又少。女儿做事一向认真，敢于挑战，不服输，即使再累再忙她对自己的要求绝不放松，严格要求自己是从小养成的习惯。（老公点评：好习惯带来好收获！）

时间过得真快，今天重温这些，好像就在眼前，一切历历在目。三十年弹指一挥间，如今女儿远渡重洋，有了自己热爱的事业，建立了美满的家庭，有了自己的宝宝。我也升级做了外婆！

后记:过一种有目标的生活

妻子掌握心理学,生活中对我多以鼓励为主,比如现在她就常鼓励我,说我做事还算有决心、有毅力。她这么说,一方面是鼓励我做事要继续有决心、有毅力,另一方面是要我做给孩子看,在家里树立一个好榜样。于是回想起来,可不是嘛,以前的生活还是蛮有意思的。

十年以前,我特别喜欢打麻将,和朋友在一起,常常打得昏天黑地,几天几夜不回家。那时候和家里人几天不照面是常有的事:我上午回来了,她们上学上班了,她们晚上放学下班回来,下午我又已经被朋友邀走了。为这事,没少挨妻女数落。后来,打算集中精力读书写作,决定不打麻将了,做出这个决定以后,还就真的再没去打过。十多年过去了,不是坚持不打,是自然而然想不到再去打,一直到现在。自己那时常想,可能这一辈子该打的麻将都在那些年里打完了,不然怎么会一点念想都没有了呢?

我吸烟的历史也算“悠久”。20世纪60年代末“文革”时我才上小学,那时候冬天雪下得很大,我们这些孩子在大院里堆雪人,雪人的肚子里掏空，我们就从家里偷大人的香烟，躲在雪人肚子里吸，那大概就是我的吸烟史的开端。高中毕业后到农村插队，算是走上社会独立了，就向贫下中农学习，在田间地头用旧报纸卷旱烟吸，知青们在一起也互相散烟吸。大学毕业工作后，虽然断断续续的，但也没停过吸烟。再后来，到1999年，我父亲生病，在医院里住了半个多月。在医院看护父亲时医院不准吸烟，父亲走了以后，我想烟就不用吸了，算是用这种方式，对父亲的一种纪念吧。从那以后，就再没有吸过烟。但和打麻将一样，别人打麻将，我仍觉得有趣，可以站在旁边看一会儿，自己从来没想过参与其中；别人吸烟，我也不反感，吸一些二手烟也完全可以接受，但自己不会去吸。

有些嗜好戒断了，有些嗜好持续下来了，想想真不错。比如下农村或在大地上行走这件事。听母亲说，我小时候身体不太好，那时候病歪歪的，整天生病。我自己也都记得一些，上小学和初中时，印象里好像经常打摆子（疟疾），一打摆子就发高烧，一会儿热一会儿冷的，浑身无力，就请假不能上学了，发烧烧得白开水一喝就是一暖瓶。吃药吃多了胃也吃得不好了，经常胃疼，于是母亲就鼓励我多到室外活动，还给我买了许多体育运动方面的书。好在母亲的持续鼓励下，我变成了一个野孩子：每天早晨早起出门跑步；冬天凌晨两三点钟就约上同学，到操场打篮球，打篮球的习惯一直持续到上大学，在学校里经常正中午大太阳暴晒着一个人在操场上练篮球；暑假中每天顶着烈日、冒着酷暑，一个人穿着裤头背心，沿通向城外公路走到一个乡镇去，并没有什么具体的事情要做，就是喜欢在太阳暴晒下走；放学了回家摸上鱼竿就跑到河边钓鱼，一直到天黑透了才回家吃饭；夏天日日和同学朋友泡在河里，有时候在河边一待就是一天；学会钓泥鳅钓黄鳝以后，就更野了，经常早饭后就出发，步行十多公里到农村钓黄鳝，天大黑了拎着一袋黄鳝回到家，有时还钓条水蛇回来，一天步行三四十里路是很正常的事情。步行、下乡这些事都持续了下来，还有所扩大。上大学时利用了所有的寒假和暑假，走了苏北农村、巢湖的银屏山区、大别山区、大西北甘肃、青海、宁夏、内蒙古；后来还徒步走了淮河的好几条支流，濉河、沱河、浍河。人也变得能吃苦了，经常在陌生的村庄干部家、农民家或乡镇上吃饭、过夜，有一次还半夜睡过村外的麦秸垛。这不仅培养了我对大地的热爱，也使我对淮河流域的天地、人文有了广泛的了解。

还有读书，还有认真、勤奋、努力，都是我能够一直钟情或坚持的。好的要能坚持下去，不好的要有意志戒除。过一种有目标的生活，这样才有动力。同样，经营一个有目标的家庭，这样才有持久。当然，这个所谓“目标”，并非要成多大的业、挣多少金银财宝、攀上多高的位置、成为多大的人物，而是过一种健康向上的生活，建一个开心自信的家庭，这才是人生的目标，才是家庭的目标。做到了这两点，我们或许才可以走进社会能担当，回归家庭享天伦。

许辉

2015年10月21日至2015年10月22日巢湖中庙善水轩